Natacha Sztabowicz

Le Malaisant

ÉDITIONS MARIE ROMAINE

www.editionsmarieromaine.fr

« Le désespoir est une drogue qui mène à l'indifférence. »

CHARLIE CHAPLIN

dans *Monsieur Verdoux*

Tout est pardonné

« Bon, bah j'y vais
– D'accord. »

Voilà, c'étaient tes derniers mots. Ma dernière réponse. J'étais d'accord pour que tu y ailles. Savais-je ? Je ne sais pas. Aujourd'hui encore, je me demande si je l'ai su.
Je ne savais pas où, mais j'étais d'accord. C'était étrange, pour une fois, j'étais d'accord.
La veille, le dimanche, nous étions sortis nous aérer un peu, comme tous les dimanches. Nous étions allés chez Berthillon, déguster notre coupe de glace favorite, la framboise Melba, puis déambuler dans les rues belles et tristes de l'île Saint-Louis.
Nous regardions les annonces immobilières sur les vitrines des agences, je m'esclaffais et j'étais effarée par les prix, je te prenais à témoin : « Ils sont malades, 17 000 du mètre carré », et toi tu ne disais rien, tu n'étais pas là, tu te contentais d'acquiescer. Tu étais vide, mon amour.
En quittant l'île, tu as dit que tu n'avais pas envie de rentrer à la maison. Tu voulais respirer encore un peu.

Je t'ai proposé d'aller boire un verre aux Abbesses. Il faisait froid, nous étions le 2 décembre. Nous avons choisi une terrasse chauffée. On a commandé des bières, le seul alcool que tu t'autorisais désormais et j'ai fumé clope sur clope en te faisant la conversation.

Tu ne parlais pas, tu ne posais aucune question, alors que moi j'avais toutes les réponses. J'aurais voulu te les donner, te les hurler.

Tu semblais paisible, tu étais si sage, ça ne te ressemblait pas.

Je le voyais bien, ça ne m'inquiétait pas outre mesure.

J'étais dubitative.

Pas inquiète.

Nous regardions les rares touristes passer, je me demandais d'où ils venaient, je te le disais, tu répondais hmmm, hmmm. Tu étais éteint, mon amour.

Alors j'en ai eu marre, j'avais froid, j'ai voulu rentrer.

En arrivant à la maison, tu t'es déshabillé sans un mot et tu es allé directement au lit.

Je t'y ai rejoint, nous étions dans le noir, il n'y avait aucun bruit. Rose dormait, on ne l'a même pas vue.

Tout à coup, alors que je ne t'entendais même plus respirer et que je te croyais endormi, tu m'as demandé trois fois pardon.

« Pardon, pardon, pardon. »

C'étaient les premiers mots distincts que tu prononçais de la journée. Mon cœur m'a pincée. Fortement. Il me semble que j'en ai eu un bleu. Je ne sais pas, mais à ce moment-là, j'ai eu peur.

J'ai rallumé la lumière et je t'ai demandé pourquoi. Pardon pour quoi ? Pour avant ? Pour les enfants ? Pour moi ?
Parce que si c'est pour avant, c'est du passé, tu es cent fois pardonné.
En revanche, si tu refuses d'aller mieux, si tu refuses la main qu'on te donne, si tu refuses de te soigner, là, je ne vais pas te pardonner.

Et j'ai enchaîné : « Tu prends bien tes médicaments, au fait ? »
Tu m'as avoué que tu avais arrêté ton traitement depuis trois jours. Je me suis redressée, ahurie, et j'ai dit que c'était très grave, qu'il ne fallait jamais arrêter d'un coup ce genre de traitement, que ce n'était pas du Doliprane, que les effets secondaires pouvaient être terribles, que ça pouvait même être mortel.
Tu m'as répondu : « Mais ma chérie, je suis déjà mort, je suis un fantôme. »
Je me suis levée d'un coup, je t'ai dit : « Je ne dors pas avec un fantôme, sinon je dormirais avec ma mère. Je ne veux pas dormir avec un fantôme, je vais dormir au salon, et je reviendrai quand tu ne seras plus un fantôme ! »
J'ai enfilé ma combinaison imprimée camouflage et je suis allée m'allonger sur le canapé. J'étais en guerre. Pas contre toi, contre ton fantôme.
Toi, si vivant, riant, hurlant, généreux, égoïste, fou, drôle, chaleureux, distant, brusque, tendre, odieux et adorable. Tu étais ça, à mille lieues du fantôme, tu crevais de vitalité.

J'étais couchée, emmitouflée dans cette combinaison, avec le gros plaid vert qui gratte, et j'ai ravalé mes larmes. Je les ai transformées en colère, et lorsque tu es venu au salon pour me demander de revenir me coucher auprès de toi, j'ai dit non, non, et non.
Pas question, je ne supporte pas d'entendre ce que tu as dit. Quelle conne ! J'aurais dû grappiller quelques heures. Au lieu de ça, je suis restée sur ma position, et j'ai fini par m'endormir en sanglotant comme une merdeuse capricieuse.
Je me suis réveillée très tôt, il faisait encore nuit. J'étais rouge, bouffie, les yeux rentrés en moi-même, au fond de mon âme guerrière sentant la défaite.
Je suis revenue dans la chambre, voir si tu dormais. Dans le noir, j'ai vu que tu étais réveillé. Peut-être que tu n'avais pas fermé l'œil de la nuit.
Assurément.
Je t'ai un peu agressé. Je t'ai dit : « Tu vois la tête que j'ai, hein, je ne veux plus pleurer comme ça à cause de toi, j'en ai marre d'être malheureuse, je veux que tu te soignes, s'il le faut, je te ferais hospitaliser, ça ne peut plus durer comme ça, il faut que tu acceptes de te faire aider, pour moi, pour nous. Je t'en supplie ! »
Je t'en ai remis une couche.
Tu m'as répondu calmement que je ne pleurerai plus, tu me l'as promis. Tu m'as dit : « Ma chérie, je te promets, tu ne pleureras plus. »
Tu m'as dit de ne plus m'inquiéter, que tout allait bien aller, que tout irait mieux, tu me l'as promis.

J'avais repris un peu espoir.
Je suis allée faire du café, tu es allé prendre une douche. Tu t'es habillé, comme à ton habitude, assis au pied du lit. Je ne sais même pas si tu as bu ou mangé quelque chose. Moi, je tournais dans la maison, une éponge à la main, frottant les taches imaginaires.
Tu m'as dit : « Je prends la voiture aujourd'hui. » Tu ne m'as pas demandé si j'en avais besoin. Pourtant, c'était un truc entre nous, on se demandait mutuellement la permission de prendre la voiture, il s'agissait de s'en servir uniquement si on devait aller loin, en banlieue, ou pire. Dans Paris, on évitait, le métro était plus pratique. Éventuellement, un Uber.
Là, tu ne m'as rien demandé, tu étais déterminé.
Je ne t'ai posé aucune question. Naïvement, j'ai pensé que tu avais pris une décision importante, comme aller consulter une clinique spécialisée dans la dépression, je savais qu'il y en avait en banlieue.
Je savais aussi que tu avais peur de l'hôpital, que tu redoutais de te trouver dans « *Vol au-dessus d'un nid de coucou* » avec des mecs qui se prennent pour Napoléon. Je savais tout ça. Mais là, j'ai pensé que tu avais pris une sage décision, que tu m'appellerais dans la journée pour me dire : « Bon ben voilà, je suis là, et là, viens chercher la voiture, tu es contente, j'en ai pour trois semaines. »
Voilà, elle est contente, Madame ! Voilà pourquoi je n'ai rien demandé. J'attendais ton coup de fil.
Je l'attends encore.

Chaos

« Bon, bah j'y vais.
– D'accord. »

Rose était réveillée. Elle et moi, éponge à la main, t'avons regardé partir. Tu portais ta petite doudoune noire et tes baskets bleu marine, celles que je t'avais offertes quelques mois auparavant, que tu adorais. Tu ne t'es pas approché de nous, tu ne nous as pas embrassées. Peut-être que tu n'as pas osé. Tu nous as à peine regardées, tu ne t'es pas retourné, tu as franchi la porte sans hésitation, je dirais même, sans regret, comme quelqu'un qui sait où il va et pourquoi il y va.
Une heure après, ton cousin m'a téléphoné. Il était inquiet pour toi, il avait essayé de te joindre à plusieurs reprises, t'avait laissé plusieurs messages, tu ne donnais pas suite, ne le rappelais pas.
On a discuté un bon moment, je lui ai raconté ce qui s'était passé la veille. Il était d'accord avec moi, on ne pouvait plus te laisser comme ça, il fallait faire quelque chose. Et vite.

C'était le premier jour de Hanoucca, la fête des Lumières.
J'étais allée faire de bonnes courses et j'avais décidé de nous préparer un repas digne de ce soir de fête. Je me mettais en condition, ça m'évitait d'imaginer que tu puisses ne pas rentrer ce soir, que tu puisses te faire hospitaliser ce jour-là, non, attends un peu, un petit peu, non, pas ce soir.
Ce soir, c'est la fête, on va allumer les bougies ensemble, du moins la première, ce soir on parlera, on mangera, on boira, pas trop, et on s'aimera. Comme une jolie famille.
Alors je suis allée acheter des choses que tu aimais, des apéros, du bon vin, de beaux fruits, des dattes fraîches, des fruits secs.
Je suis rentrée des courses vers treize heures. Et j'ai commencé à cuisiner.
Rose m'a demandé où tu étais, elle s'inquiétait. Rose s'inquiétait toujours pour toi. Elle voulait t'appeler, mais je lui ai dit de ne pas le faire, de ne pas te déranger. D'attendre un peu.
Vers quinze heures, j'ai commencé à avoir un drôle de feeling. Quelque chose d'excitant qui fait mal. Il me semble que c'était de la peur. Un genre de terreur nocturne en pleine journée. En vérité, j'ai guetté ton appel tout l'après-midi. Rien.
Je me suis interdit d'avoir peur, et surtout de te déranger, au cas où tu serais en pleine discussion avec un médecin. Je n'ai pas voulu t'appeler.
À dix-sept heures, Rose a essayé de te joindre. Tu ne

répondais pas. J'ai essayé à mon tour. Pas mieux. Puis à dix-huit heures. Rien. Puis à dix-neuf heures. Ton téléphone n'était pas éteint, il sonnait dans le vide.
Rose tournait en rond, allait dans la cuisine, regardait l'heure, le repas qui mijotait, à nouveau l'heure, puis moi. Je t'ai envoyé un premier SMS, puis un deuxième. « Ça va ? Tout va bien ? On s'inquiète là… » Pas de réponse.

N'y tenant plus, je suis sortie accompagnée de la petite chienne et j'ai fait le tour de tous les bars du quartier. Je m'attendais à te retrouver dans l'un d'eux, probablement au comptoir, peut-être saoul. J'étais préparée à l'idée de te ramener dans cet état à la maison, j'étais prête. À tout. Mais je ne t'ai trouvé nulle part.
Alors j'ai appelé ton cousin, ton beau-frère, tes proches. Personne ne savait où tu étais passé. Je suis retournée à la maison, il était déjà tard, presque vingt-et-une heures. Rose s'impatientait, elle avait faim aussi. Je l'ai autorisée à commencer sans toi. Je lui ai même dit que ça te ferait arriver. Je lui ai servi l'entrée.
Lorsqu'elle a tiré la grosse chaise en métal pour s'asseoir, l'interphone a retenti. Là, j'ai su.
Je ne sais pas ce que j'ai su exactement, mais j'ai su que plus rien, absolument plus rien, ne serait comme avant.
J'ai couru jusqu'au visiophone et je les ai vus.
Ils étaient quatre. Trois blancs, un noir. Une funeste portée de musique. Ou une portée de musique funeste. J'ai hésité entre les deux.

Ils se tenaient en haut de l'escalier et me regardaient bizarrement. Mon cœur s'est emballé. C'est le noir qui a parlé : « Bonsoir, Madame, vous êtes bien madame R. ?
– Oui. Qu'est-ce qui se passe ? Qu'est-ce qu'il y a ?
Regard fuyant. Un petit carton dans la main gauche. Probablement mon nom, mon adresse.
– Qu'est-ce qui se passe ? j'ai redemandé.
Les trois autres me fixent, personne ne me répond.
– Madame, votre mari avait-il des problèmes ? De santé ou autre ?
Je n'ai pas aimé le « avait ».
– Pourquoi est-ce que vous me demandez ça ? Hein, pourquoi ? Non, il n'a pas de problème, il est un peu dépressif comme plein de gens, mais putain, pourquoi vous me demandez ça ? Qu'est-ce qui se passe ? Il a eu un accident de voiture ?
– Madame, j'ai une mauvaise nouvelle. Votre mari est décédé. »

V-O-T-R-E M-A-R-I E-S-T D-É-C-É-D-É
J'ai vu à l'intérieur de mon canal rachidien le dessin que formaient ces lettres.
« NON, NON, NON !
Non. Non, non, non, non !!! »

Je suis tombée. Pas dans les pommes, non. Juste tombée. Comme on glisse d'une chaise. Doucement.

Rose a couru vers moi. Elle m'a ramassée. Elle m'interrogeait du regard ou elle faisait semblant. Parce qu'au fond d'elle, elle savait. Elle n'avait pas entendu le flic me parler mais je crois vraiment qu'elle avait compris.
Alors je lui ai dit : « C'est Papa…
– Quoi ? Qu'est-ce qu'il a ?
– C'est Papa. Il est mort. Je l'ai dit, écrit, en tout petit. C'est Papa, il est mort, c'est pas possible, hein ?… C'est pas possible ma puce.
– Mais Maman, tu sais bien qu'il était malade, maintenant il est soulagé.
– Mais, Rose, c'est pas possible, hein, c'est Papa, il est mort.
– Je sais, Maman, je sais. »
Rose semblait résignée. Elle était en « pilotage automatique ».

Alors, je me suis mise à trembler, à bégayer. Je ne me souviens plus de ce que j'ai dit à ce moment-là, il me semble que c'était incompréhensible, une autre langue. Un des flics a demandé à Rose de m'apporter un verre d'eau, et ensuite, on est tous descendus au salon.
Ils se tenaient là, debout, tous devant moi et je les ai dévisagés les uns après les autres.
Pourtant, je ne me souviens d'aucun visage. Je me rappelle m'être demandé si c'étaient de vrais flics. Je leur ai même posé la question. Et j'ai ajouté, mon mari a des copains flics, c'est peut-être une sale blague.

« Non, Madame, c'est pas une blague. Non, c'est pour de vrai. » Alors, j'ai été secouée de spasmes, des décharges électriques.
J'ai réussi à leur redemander si tu avais eu un accident de voiture, ils ne m'ont pas répondu. J'ai voulu téléphoner, je ne savais pas à qui, mais il fallait que j'appelle au secours. J'ai appelé mon père.
Il venait d'arriver à son hôtel à Roissy, il était censé y dormir quelques heures avant d'embarquer pour la Nouvelle-Calédonie.
« Allo, Papa ? »
À ma voix, il a tout de suite compris que quelque chose de grave venait d'arriver.
« C'est Jacob, Papa. Il y a eu un drame, Papa. C'est Jacob, il est mort.
– Quoi ?!!! Ne bouge pas, j'arrive tout de suite. Tu m'entends ? Je laisse ma valise, je prends un taxi, et j'arrive, mon bébé. »
Ensuite, j'ai appelé chez ta mère. Ils étaient tous chez elle, tes sœurs, tes beaux-frères. Paul y était aussi. Ils devaient tous être très heureux en ce soir de fête. Je ne sais plus qui a décroché, une de tes sœurs, sûrement.
Je ne sais plus ce que j'ai dit, je me souviens du chaos qui s'en est suivi, des cris, des bruits sourds d'objets lourds qui tombent, des bruits de chaises que l'on balance.
Paul a hurlé. Puis on a raccroché. Peut-être moi, peut-être elles.
Ensuite j'ai appelé Oscar à New York. Il m'a dit qu'il sautait dans le premier avion, il est venu avec Roselyne,

le lendemain. Pendant tout ce temps, je ne connaissais pas les causes de ta mort. Les flics ne m'avaient rien dit, ou bien je n'ai rien entendu.
Lorsque Paul est arrivé à la maison, un des flics, le noir je crois, s'est mis à l'écart pour téléphoner. Il a parlé quelques secondes, puis a tendu le combiné à Paul.
À son tour, Paul s'est écarté. Je l'ai entendu dire que c'était pas possible. Je les ai tous regardés, et j'ai crié pour que quelqu'un me dise enfin ce qui s'était passé. J'ai crié et j'ai supplié. Et là quelqu'un m'a parlé. Je ne sais plus qui.
Quelqu'un m'a dit que tu avais sauté du pont de Normandie.
Quelqu'un m'a dit que tu étais allé là-bas, que tu t'étais garé sur le parking de Honfleur, que tu es allé ensuite à pied, jusqu'au pont, et que tu as sauté.

Je me souviens de ma bouche grande ouverte, du cri qui n'en est jamais sorti. Je me souviens de nos yeux horrifiés.
C'est seulement à cet instant que j'ai pleuré.
Paul et moi sommes tombés dans les bras l'un de l'autre, et on a dit en chœur que tu n'avais pas le droit.
IL N'AVAIT PAS LE DROIT DE FAIRE ÇA.
T'avais promis que je ne pleurerais plus jamais, t'avais promis. T'as menti. Paul était fou de douleur et de rage. « Comment il a pu ? COMMENT IL A PU ? LE FOU !!! » Moi, je me demandais dans quel état ils t'avaient trouvé. En morceaux ? En miettes ?

– Est-ce que tu étais abîmé ?
– Ton visage, était-il intact ? Étais-tu tombé dans l'eau ou sur la terre ferme ?
– Étais-tu conscient du mal que tu allais nous faire ? Y avais-tu pris du plaisir ?
– Est-ce que tu as pleuré avant de sauter ? Est-ce que tu as hésité ? As-tu eu peur ?
– As-tu pensé à nous ? À moi ?
– N'as-tu pas regretté ton geste pendant les quelques secondes qui ont séparé notre vie de ta mort ?
– Te sentais-tu libre ? Soulagé ?
– Pourquoi te faire autant de mal ? As-tu souffert ? Es-tu mort sur le coup ? As-tu été secoué de petits spasmes lorsque tu t'es écrasé ?
– As-tu eu froid ?
Je t'imaginais, je te voyais et je ne comprenais pas.

C’est pas beau à voir

Je n’ai jamais vu d’images de corps retrouvés après un crash aérien, ni de visages d’ailleurs, et j’avoue n’avoir jamais eu cette curiosité, même en regardant un *Paris Match* assurant au lecteur qu’il en aurait pour son argent, avec « le poids des mots et le choc des photos ».
Alors, quand le flic a parlé, je t’ai vu.
J’ai d’abord vu ton visage. J’ai vu ton grand front sur lequel tenait ma paume tout entière, que j’aimais caresser un peu comme on caresse le front d’un enfant dont on essaie d’évaluer la fièvre.
J’ai vu ton grand front parcouru de milliers de petits vaisseaux éclatés et les os de ton crâne saillir au beau milieu de ton front comme la fontaine de la place du Québec.
J’ai vu tes yeux, que j’étais seule à savoir verts, enfoncés dans leur cavité, tellement qu’on aurait dit qu’ils étaient crevés.
Ou à l’inverse, je les ai vus exorbités, et j’ai vu ton regard vide et triste, avec juste une question : Alors c’est ça ? C’est comme ça qu’on meurt ?
Ou je les ai vus terrorisés, affolés, en réalisant ce que tu venais de faire. J’ai vu du sang aussi.

Le gendarme l'a dit. Il a dit que tu étais tombé sur le dos. L'arrière de ton crâne a peut-être explosé. Peut-être que tes yeux ont été expulsés de leur cavité. Peut-être pas. Le choc a dû être d'une telle puissance…
Et ta bouche ? Et ta langue ? T'es-tu mordu la langue au point de la sectionner ?

Tu te rappelles, mon amour, le soir où j'ai fondu en larmes parce que tu t'étais mordu la langue ?
Nous étions attablés dans un bon restaurant, tu te régalais et puis, tout à coup, ta bouche s'est tordue de douleur, tes yeux brillaient tellement, tu retenais tes larmes et je t'ai vu souffrir violemment, tu n'as rien dit, et j'ai pleuré.
J'ai pleuré de te voir souffrir en silence, parce que je savais que tu voulais rester digne, il y avait du monde autour.
Quelques minutes après, je t'ai demandé de me montrer ce que tu t'étais fait. Ta bouche était remplie de sang.

Quand j'y pense, j'en crève. Et ton cou ?
Ton cou est-il resté dans son axe ou est-il tombé sur le côté, mou comme le cou d'un poulet que l'on vient de refroidir ?
Tes épaules ? Étaient-elles symétriques ? Déboîtées ?
Ton torse ? Qu'est-il advenu de ton torse ? De ton sternum ?
Et le haut de ton dos ? J'aimais beaucoup le caresser l'été, lorsque nous allions à la plage, ta peau prenait une couleur caramel et sa texture était caoutchouteuse, je t'appelais Calambar, un mélange de Carambar et de calamar.
Tu t'en souviens de ça, mon amour ? Dis ?

Et tes bras ? Ont-ils été désarticulés ? Ont-ils été arrachés ? Tes mains se sont-elles retournées ?
Tenais-tu tes doigts croisés, enchevêtrés les uns aux autres comme des petits corps d'enfants assassinés et jetés dans une fausse commune ?
Et les jambes, tes belles jambes longues et musclées, dans quelle position étaient-elles quand le gendarme t'a trouvé ? À l'équerre ou recroquevillées ?
Tes pieds ? Étaient-ils entiers et encore chaussés ?

Le gendarme a dit que c'était pas beau à voir.

Alors je suis allée à la caserne, il a ajouté que je n'avais pas besoin de reconnaître ton corps. Je n'avais qu'à signer les documents.
Voilà ce qu'il a dit.
Alors j'ai demandé si tu avais été filmé, s'il y avait des caméras de vidéo de surveillance sur ce maudit pont.
Je voulais savoir, je voulais voir.
Il y en avait. C'était « *The place to die* ».
Le gendarme m'a dit : « Vous êtes sûre ? ». J'ai dit oui.
Et je t'ai vu.
Je t'ai vu marcher plutôt doucement, mais déterminé. À un moment, tu t'es arrêté, tu ne semblais pas hésitant, tu semblais chercher quelque chose que tu avais dû repérer avant. Comme si tu y étais déjà allé. Tu es revenu sur tes pas, légèrement, puis tu as repris la même direction.

Au bout de quelques minutes, tu t'es arrêté. Tu croisais les bras, à peine voûté, tu t'accrochais à ta petite doudoune noire, tu avais l'air d'avoir froid.
Le gendarme a dit qu'il y avait beaucoup de vent ce jour-là. Un instant j'ai cru que tu avais changé d'avis.
Tu changeais souvent d'avis, mon amour.
Non. Tu t'es immobilisé une seconde, tu as inspiré une bouffée de vapeur de cigarette électronique. Tu as enjambé le parapet. Au bord du vide, tu as marché quelques instants. À nouveau, tu semblais chercher quelque chose.
Tu t'es définitivement décidé.
Tu as avancé la jambe gauche, exactement comme si tu descendais la première marche d'un long escalier.
Et tu as disparu de la surveillance des caméras et de mes yeux incrédules. Je n'en revenais pas.
Comment était-ce possible ?
Le gendarme m'a assuré que tu n'avais pas souffert. Il a dit que ton cœur avait probablement lâché avant que tu ne t'écrases. Il a dit que c'était toujours comme ça.
Il a dit aussi que quand il t'a trouvé, tu étais encore chaud.

Mais que c'était pas beau à voir.

Je ne suis pas doué de mes mains

Tu te souviens, mon amour, lorsque tu devais faire quelque chose de manuel, bricoler ou accrocher un truc, tu t'énervais toujours.
Plus tu t'énervais, moins tu y arrivais, et comme tu t'énervais dès le début… À chaque fois, le même scénario.
En plus de cela, perfectionniste comme tu étais, ça n'allait jamais, jamais comme il faut, jamais au bon endroit, jamais au bon moment.
Quand je te demandais de m'aider, que ce soit pour plier un drap, raccrocher un rideau, déplacer un meuble ou éplucher une pomme, au mieux tu rouspétais, tu te fâchais ; au pire, tu entrais dans de terribles colères.
Je finissais toujours par te dire : « Laisse tomber, je vais le faire toute seule. » Tu répondais :
« Ouais c'est ça, fais-le toute seule, de toute façon tu sais très bien que je ne suis pas doué de mes mains. » Tu étais maladroit, gauche et tu en souffrais. Ça te vexait.
En vrai, tu n'étais pas si maladroit que ça, mais tu en étais persuadé.
Du coup, de la même façon que l'on fait la gaffe du siècle alors qu'on a été cent fois prévenu de ce qu'il ne faut

surtout pas dire, tu ratais des tas de choses, activais le mauvais bouton, tirais quand il fallait pousser, te cognais la tête dans les chambranles trop bas, défonçais le pare-chocs de la voiture en voulant te garer au plus près d'un arbre, faisais tomber le ticket du péage sous la voiture en t'approchant le plus près possible de la borne…

Tu avais peur d'abîmer les choses, de perdre les choses, tu voulais prendre soin de tout, comme si ta vie en dépendait.
Tu ne supportais pas les « chtars », tu les repérais en deux secondes. Tu arrivais à voir le moindre accroc sur un pull, la moindre trace de doigt sur un mur, le plus petit éclat sur un meuble.
Quelques fois, tu faisais la chasse aux « chtars », tu disais : « Là, regarde, il y en a un, et là, c'est nouveau ça, il n'y en avait pas hier, c'est d'aujourd'hui ça, mais regarde, regarde !… » Et je faisais ma mauvaise foi, je te disais que je ne voyais rien, souhaitant qu'en disant ça, le « chtar » disparaisse vraiment, que tu oublies, que tu te calmes. Ça te rendait fou, ton perfectionnisme en prenait pour son grade.

De temps en temps, pour ton travail, il t'arrivait de devoir mettre un costume. Et une cravate. Alors là, c'était tout un cérémonial.
D'abord la douche. Elle pouvait durer quarante minutes. Car il fallait t'attendrir le cuir pour que tu puisses te raser sans te couper. Après ça, tu te rasais, en pestant,

et à chaque fois tu te coupais ! Tu collais des petits bouts de Kleenex sur les plaies aussi minuscules fussent-elles. Tu étais comique avec tes petites étoiles blanches parsemées sur ton visage. Ensuite, tu te coupais et te limais les ongles, des mains, et des pieds aussi.

Puis tu attendais que tes plaies sèchent.

Ensuite, tu retournais sous la douche. Il te fallait enlever toute trace de sang, poils et ongles. Après, tu cirais tes chaussures, celles que tu avais choisies avant la douche, souvent la veille au soir, bien entendu parfaitement assorties à ta ceinture. Tu ne laissais personne cirer tes chaussures à ta place, personne n'aurait pu le faire mieux que toi.

Tu y mettais une telle ardeur !

Ensuite, tu retournais te laver les mains.

En général, tu commençais à t'habiller à l'heure où tu devais partir !

Tu parlais seul, tu disais : « Allez Jacob, magne-toi, magne-toi, tu es à la bourre ! » Tu t'agitais dans tous les sens, tu étais si drôle et agaçant en même temps.

Arrivait le moment du nœud de cravate. Le nœud de cravate… Comment dire…

Tu t'énervais parce qu'il n'était pas parfait, je te proposais de t'aider, tu t'énervais encore plus. Ça durait parfois dix minutes, parfois plus.

Tu finissais par y arriver, tu rentrais enfin les pans de ta chemise dans ton pantalon, vérifiais que la ceinture fût bien dans les passants, tu disais : « J'ai oublié personne là ? »

Non, tu n'oubliais jamais personne.

Ensuite, les boutons de manchette. C'était indispensable et même impensable que tu puisses porter une simple chemise. Pour rien au monde, tu n'aurais porté une simple chemise. Les jours de rendez-vous, c'était poignets mousquetaires ou rien.
Tu enfilais ta veste et ton pardessus, il fallait que je vérifie l'arrière du col, que je te passe un dernier coup de brosse, que je chasse des poussières fantastiques, des pellicules imaginaires. Je jouais le jeu. Tout était impeccable, ni poussière ni pellicules, mais je te laissais croire que j'avais bien fait mon boulot.
Tu étais satisfait, tu pouvais partir tranquille.
Tu partais généralement à l'heure où tu aurais dû être arrivé…
Et tu me demandais de me faire passer pour ta secrétaire afin de prévenir le malheureux impatient que tu aurais quelques minutes de retard…
Tu étais si stressé, si colérique, nous nous disputions souvent les jours de rendez-vous.
On s'envoyait balader, si tu avais besoin de moi, je te disais : « Débrouille-toi tout seul » et je sortais de la pièce. Je t'entendais gesticuler et redoubler d'énervement. Je tenais ma vengeance. Je savais qu'à un moment ou un autre tu allais me dire : « Allez, viens m'aider, tu sais bien que je ne suis pas doué de mes mains. »
Le jour où tu es parti, ce fameux matin, ta douche a duré cinq minutes.
Pourtant, tu avais un rendez-vous secret pour lequel tu ne t'es pas mis en retard.

Je ne t'ai pas aidé à t'habiller, tu ne m'as rien demandé, tu étais calme, posé, à peine pressé, ce qui donnait cette impression de détermination.
L'impression d'un type qui sait exactement ce qu'il a à faire, qui sait qu'il va bien le faire, que ce sera parfait.
Du travail bien fait.
L'impression d'un type doué de raison. Et de ses mains.

Vingt-cinq ans, c'est long

On a commencé à s'aimer le 2 février 1993.
Je dis « on », parce que là, on était vraiment deux, on était « on ».
En vérité, tu m'as avoué être tombé amoureux de moi au premier regard, lorsque nous étions adolescents.
Des amis communs nous avaient présentés.
J'étais la bêcheuse-boudeuse-moqueuse, tu étais le branleur-charmeur-hâbleur.
Nous étions aussi mal dans notre peau l'un que l'autre, timides et mal dégrossis, puceaux et pleins de rêves.
Nous avions les mêmes, nous rêvions du grand amour, nous l'attendions de pied ferme.

Un soir, nous sommes allés tous ensemble, avec nos amis, au Caveau de la Huchette. Je ne me souviens plus exactement de cette soirée, je me souviens que nous sommes tous rentrés tard, dans le petit pavillon de Vanves, chez nos amis.
Il n'y avait pas assez de chambres pour tout le monde, alors on a dormi tous les deux dans l'entrée, une chambre improvisée sur un matelas de fortune.

Il faisait affreusement froid, c'était un excellent prétexte pour ne pas se déshabiller. On s'est couchés avec nos manteaux, j'avais peur, toi aussi.
On a très peu parlé, tu m'as pris la main et ne me l'as pas lâchée de la nuit.
Je trouvais ça mignon et surtout je t'en savais gré. Tu n'as rien tenté, pas même un baiser. Le lendemain matin, je suis repartie chez moi, un au revoir furtif et dix ans de silence.
On était en 1983, l'année de mon bac.
Pendant ces dix années, nous ne nous sommes pas revus, excepté une fois où nous nous sommes croisés lors d'un mariage.
J'étais moi-même jeune mariée, j'étais enceinte d'Oscar, j'ai fait mine de ne pas te reconnaître. Tu en as été mortifié, je l'ai su longtemps après, je t'ai présenté des excuses tardives.
Toi, pendant toutes ces années, tu as bien vécu, tu sortais énormément, tu flirtais beaucoup, tu voyageais souvent. Tu vivais normalement, comme un garçon de ton âge. Tu travaillais et gagnais bien ta vie mais tu vivais encore chez tes parents.
Moi, je m'étais rangée. J'avais épousé un type super, une sorte de gendre idéal. Physiquement, ce n'était pas ça, les gens disaient qu'on se ressemblait, ça me perturbait, j'avais l'impression d'avoir épousé mon frère.
Au bout de trois ans de mariage, et après trois fausses couches, je suis tombée enceinte d'Oscar.
J'étais folle de joie, ma vie avait enfin un sens.

Quand Oscar a eu deux ans, j'ai commencé à déprimer sérieusement.
Je le voyais grandir, être moins dépendant de moi, il était si sage, si intelligent.
De mon côté rien n'évoluait, j'étais mélancolique, je m'ennuyais, on sortait peu, et toujours aux mêmes endroits. Je me sentais enfermée.
Ma vie de couple s'embourbait dans un confort gluant, loin de mes vieux rêves qui venaient me titiller en plein jour. Il fallait que je me sauve. Ce que j'ai fait.
Oscar n'avait pas encore trois ans lorsque j'ai pris mes affaires et les siennes pour sortir de ce cocon suffocant.
Et même si je l'ai souvent regretté, je n'y suis plus jamais retournée.
J'ai fait énormément de peine à mon mari, à sa famille, des gens adorables, et sûrement à Oscar, ce petit bonhomme qui comprenait déjà tout.
Mais je n'avais pas le choix, j'avais ce besoin viscéral de vivre.
J'ai donc vécu, comme une dingue, je sortais tous les soirs, je fréquentais des gens infréquentables. Je buvais, fumais et touchais le fond régulièrement. Je me mettais en danger.
Je me rappelle être montée en voiture avec trois copains dont le conducteur était sous coke. Il a pris l'autoroute à contresens pendant un kilomètre. C'est long un kilomètre quand on y pense.
Heureusement, il était très tard, nous n'avons croisé personne, mais ce soir-là, je me suis dit que si je n'étais pas morte, c'est que j'étais immortelle !

Après ça, j'ai eu des envies de suicide.
Oscar le sentait, il était angoissé et me regardait de ses grands yeux inquiets et dubitatifs. Il était triste. Je le voyais, ce qui me rendait malade et me confortait dans l'idée que je ferais mieux de disparaître, de foutre la paix à tout le monde.
J'avais enfin demandé le divorce, j'en crevais mais je l'avais fait. Je collectionnais les rencontres et les amourettes décevantes.

Je m'étais trouvé un petit boulot dans le Marais, vendeuse dans une boutique de chaussures de luxe.
C'est à ce moment-là que nous nous sommes revus.
C'était le 30 janvier 1993, j'avais été invitée à l'anniversaire d'une amie. Tu étais là.

I feel pretty

Le soir où nous nous sommes revus ressemble à la scène où Maria et Tony se rencontrent dans *West Side Story*. Il n'y avait plus personne autour de nous. Nous nous sommes assis au milieu de tous les invités, d'ailleurs nous étions les seuls assis. Il y avait du monde, du bruit, la musique à fond, Prince, Deee Lite, mais nous ne voyions personne.

Nous étions plongés dans nos souvenirs, nos petites histoires… De temps en temps, je me levais, j'esquissais quelques pas de danse, je me trémoussais, rien que pour toi, je fermais les yeux en sachant que les tiens étaient bien ouverts et qu'ils brillaient, tels ceux d'un enfant devant le père Noël.

Je faisais ma crâneuse !

Je portais une mini-jupe en skaï noir, un boléro en skaï rouge, des bottes années 70 avec un gros talon carré.

Je m'étais fait un chignon faussement négligé d'où s'échappait une longue mèche façon accroche-cœur qui me descendait sur la tempe.

J'étais vraiment jolie ce soir-là, je le voyais dans ton regard.

Toi, tu portais une chemise en jean Levi's, un jean un peu trop délavé à mon goût et des santiags noires en python.
Moi, je ne te trouvais pas beau. Trop grand, tu avais de trop grands pieds, accentués par tes bottes, tu portais des favoris trop longs, tu faisais de trop grands gestes, tu parlais trop fort. Non, je ne te trouvais pas beau. Et pourtant.
Tu avais un charme fou.
Et je me suis laissée prendre au jeu, je t'ai écouté, j'ai bu tes paroles.
À un moment, tu m'as demandé ce que je faisais dans la vie, je t'ai répondu que j'étais rentière. Tu as souri largement, incrédule : « Rentière ?
– Oui, je suis aux ASSEDIC ! »
Je venais d'arrêter de bosser et j'attendais la réponse pour un nouveau job. Tu as éclaté de rire.
« Et toi, qu'est-ce que tu fais ? »

Là, tu as pris un air mystérieux et, sans répondre directement à ma question, tu m'as dit :
« Moi ? Bah, là, je viens juste de prendre des bureaux sur les Champs-Élysées… Waouh, waouh… Les Champs-Élysées !… »
Tu pensais que j'étais bluffée, admirative de ta réussite, alors que je ne savais toujours pas ce que tu faisais. Tu pensais m'en mettre plein la vue. Et je t'ai laissé le penser. En vérité, je détestais les Champs-Élysées, l'endroit le plus plouc de Paris à mes yeux. Une avenue dédiée aux

beaufs et à leur pognon. Une avenue prétentieuse et menteuse. L'avenue la plus belle du monde ? Mes fesses, oui.

Je l'appelais l'avenue des champs pétroliers. Pour moi, c'était Dubaï. Tout ce que je détestais.

Loin du vrai Paris avec ses petits marchés et commerces désuets, merceries, encadreurs, librairies et marchands de couleurs…

Loin du Marais ou de Belleville, des quartiers que j'adorais et qui me rassuraient. Bien sûr, je ne t'ai rien dit de tout ça.

Je me suis concentrée sur ton regard, tes gestes et ta fierté de prononcer « Champs-Élysées ». J'ai compris que c'était une sorte de revanche, je ne savais pas sur qui, ni sur quoi, mais ça me plaisait.

Bon anniversaire mon amour

Mon amour, tu aurais eu cinquante-deux ans le 11 avril. Chaque année, je me demandais ce que j'allais bien pouvoir t'offrir pour ton anniversaire. Je n'étais jamais contente de ma trouvaille.
Trop grand, trop petit, trop bizarre, trop banal, trop cher, pas assez…
C'était toujours un problème, je savais qu'il était difficile de te satisfaire, et le peu de fois où tu affichais un sourire franc en déballant un cadeau me remplissait de joie et de fierté. Il faut dire que j'avais été un peu traumatisée par certaines de tes réactions.
Une année, je t'ai offert un cartable que je trouvais très beau et très original, en cuir grainé noir.
Quand tu l'as sorti de son emballage, tu as fait une tête, comment dire, une tête dépitée et contrariée à la fois.
J'étais vexée. Très. Je t'ai dit : « Tu n'aimes pas ? »
Tu m'as répondu, agacé par ma question autant que par mon choix, non.
« Non, je n'aime pas. » Sèchement, tu m'as dit « non ».
J'ai insisté maladroitement : « Ah bon, mais qu'est-ce qu'il a qui ne te plaît pas ? Moi, je le trouve très beau, il

a une bonne contenance, le cuir est magnifique, il est noir, je ne comprends pas ce qui ne va pas… »
Tu t'es fâché, tu m'as crié dessus : « Je te dis qu'il ne me plaît pas ! Voilà, c'est tout, j'ai pas besoin de me justifier quand même ! »
Mortifiée et orgueilleuse, je n'ai même pas pensé à te proposer de l'échanger. Je t'ai dit : « Tu n'as qu'à le donner à quelqu'un, ou le jeter ! »
Ce que tu as fait. Tu me l'as jeté à la figure. Je ne t'ai pas parlé pendant trois jours. Finalement, tu l'as gardé, tu t'en es servi, et tu ne l'as pas quitté pendant dix ans ! Je n'ai jamais oublié cette histoire.
Je ne t'en ai rapidement plus voulu, mais je n'ai pas oublié. À toi de ne pas m'en vouloir.
Mon amour, tu aurais eu cinquante-deux ans ce 11 avril. Et je me serais demandé, comme chaque année, combien de temps encore allais-tu m'aimer, combien de temps saurais-tu m'aimer.

Chaque année, je me demandais si tu m'aimais un peu plus, un peu moins ou toujours autant. Comme j'avais deux ans de plus que toi, il m'arrivait de me sentir vraiment plus vieille.
Ça m'angoissait. Je me demandais si tu m'aimerais encore l'année prochaine, et celle d'après. Est-ce que tu m'aimeras quand je serai vieille, quand ma chair sera vraiment flasque, est-ce que tu t'en rendras compte ? Est-ce que tu me serreras dans les bras quand j'aurai vraiment peur de mourir ?

Est-ce que tu me rassureras ? Est-ce que tu me tiendras la main ? Est-ce que tu me fermeras les yeux ?
Est-ce que tu pleureras ?
Moi, je n'ai pas pu te prendre la main, je n'ai pas pu te rassurer, je n'ai pas pu te toucher, ni te voir.
Tu es mort seul, mon amour. Tout seul, comme un grand. Je n'ai rien su de toi à ce moment-là. Je n'ai pas eu le droit de te parler une dernière fois. Tu m'as coupé la parole. C'est pour ça que je bégaie maintenant.
Tu m'as privée de toi pour toujours.

Le 11 avril, je suis allée au cimetière pour la première fois en quatre mois. Il faisait beau et froid. J'étais seule dans le petit cimetière de Vanves.
J'ai eu du mal à trouver ta tombe, j'ai paniqué, j'ai cru que tu me faisais une blague, que tu jouais à cache-cache.
Alors je me suis mise à pleurer, je t'ai engueulé, je me suis dit que tu n'y étais pas, que tout ça n'était qu'un cauchemar, que tu n'y avais jamais été.
Et puis, je t'ai trouvé.
Ton nom, 1967-2018, la terre au-dessus de toi. Pas encore de stèle. Aucune plaque gravée.
Juste une étoile, avec ton nom et tes dates.
J'ai marché sur la terre, j'ai essayé de remettre droit l'horrible tuteur qui soutenait l'étoile et qui avait l'air d'avoir été planté à la va-comme-je-te-pousse.
Je n'ai pas réussi.

J'ai pleuré et je t'ai parlé. Tu étais là, sous mes pieds, j'ai maudit cet instant, je t'ai maudit, je nous ai maudits. Qu'as-tu fait mon amour ? Pourquoi ? Comment as-tu osé te mettre plus bas que terre ?

Comme c'était ton anniversaire, je suis venue te porter un petit quelque chose. Mais je n'avais rien à offrir cette fois-là.
Il fallait que je mette des cailloux sur ta tombe, j'ai préféré te mettre des Car en Sac.
Je t'en ai mis une poignée, de toutes les couleurs, j'en ai mangé quelques-uns, les bleus, les plus chimiques, et je me suis souvenue de la façon dont tu les avalais, d'un coup, goulûment, j'ai fait comme toi.
Bon anniversaire, mon amour ! Jusqu'à 120 ans !
Aujourd'hui, ça fait cinq mois que tu es mort et je ne peux toujours pas y croire.

Tu m'as punie

Il me semble que tu es parti fâché, ce lundi 3 décembre. Ton visage avait une expression qui m'était totalement inconnue.
Ton visage avait une expression inexpressive, et ça, je ne l'avais jamais vu auparavant. Tes yeux étaient vides et sereins, comme ceux, aveugles, d'une statue.
J'ai cru un moment y voir une certaine défiance, comme si tu me disais, tu vas voir ce que tu vas voir, tu vas voir ce dont je suis capable mais je me suis peut-être trompée. J'ai peut-être projeté, j'aimais bien te défier…
Comme tu es parti sans t'approcher, ni de moi, ni de Rose, comme tu es parti sans nous embrasser, j'ai pensé que tu partais fâché.
Et même ça, en y repensant, c'est impossible.
Même lorsque nous nous disputions et que tu devais t'en aller, tu te débrouillais toujours pour qu'il y ait un contact physique entre nous.
Même lorsque je faisais la gueule et que je rechignais à te dire au revoir, tu me disais : « Alors quoi, tu ne vas pas me laisser partir comme ça, quand même ?… Si je meurs, tu ne m'auras même pas embrassé !!! »

Et même si je t'en voulais à mort, je m'approchais en boudant, je regardais le plafond et je me laissais embrasser. Et tu étais content. Et moi aussi. Tu finissais toujours par gagner à ce jeu. Ce matin-là, il n'y avait rien de tout ça. Il n'y avait rien de vivant. Pas un souffle d'air, pas un mouvement, pas une odeur, pas une couleur. Rien.
Tu étais déjà mort. Depuis longtemps. Et j'ai refusé de le voir. J'ai préféré penser que tu étais fâché, que tu allais me punir. Que je l'avais mérité.
Je me rappelle qu'une horrible pensée m'a traversé le chignon. Et s'il partait loin ? Très loin ? Pour toujours ? Mais je l'ai chassée de mon esprit. C'était impossible, nous étions trop proches, nos destins étaient liés, tu ne pourrais jamais me faire ça.
Je te connaissais mieux que personne, je connaissais tes démons et nous les apprivoisions ensemble. C'est ce que tu m'as laissé croire.
En vrai, nous étions seuls, ensemble.

Tu me parlais souvent de ton enfance, de ta difficulté à communiquer avec tes parents, à te faire comprendre. J'étais flattée quand tu me disais que j'étais la seule à te connaître aussi bien, que j'étais l'être de qui tu étais le plus proche, que tu m'avais en toi, et que rien ni personne n'y pourrait rien changer.
Je savais que tu m'aimais d'un amour inconditionnel, que tu m'aimais comme un enfant aime sa mère, d'un amour pur, possessif et violent, je savais tout ça, mais je ne savais pas pour combien de temps.

En fait, ce lundi 3 décembre, je pense que tu as oublié de m'aimer. Tu m'as punie. Froidement. Un lac. Voilà ce à quoi j'ai pensé.
Un lac, froid, sombre, sans vie aucune.
Un lac dans lequel le ciel ne se reflète pas.
Un lac dont les abîmes t'attirent, t'absorbent et te gèlent le cœur.
Plus aucun courant n'est passé entre nous. Je ne nous ai pas reconnus. Nous sommes devenus étrangers l'un pour l'autre, l'un avec l'autre.
Ce lundi-là, nous n'étions plus.

Donc tu as choisi

Aujourd'hui, on est le 9 mai.
C'est l'anniversaire de Paul. Premier anniversaire sans toi.
Premier anniversaire sans ton *Happy Birthday !* attendrissant et maladroit. Celui que tu lui lançais avec une sorte de fierté et d'agacement.
Fierté parce que c'est ton fils, qu'il te ressemble et qu'il est beau gosse, agacement pour les mêmes raisons...
Je n'ai jamais compris comment tu pouvais mélanger ces deux sentiments, et pourtant, ils étaient parfaitement homogènes et emmêlés.
Donc tu as choisi de ne plus lui souhaiter son anniversaire.
Et moi, maintenant, que vais-je lui choisir comme cadeau, sans toi ? Je n'en ai aucune idée.
Chaque année, on se chamaillait à ce sujet.
Une nouvelle paire de baskets ultra-chère et dernier cri, du matériel de dessin super sophistiqué, de l'argent, qu'il s'achète ce qu'il veut...
Et puis un dîner dans son restaurant préféré et un film au cinéma, ou une série de dingue que l'on regarde tous ensemble, vautrés sur le canapé avec le pot de Nutella, jusqu'à pas d'heure.

Il y a quelques jours est sortie la dernière saison de *Game of Thrones*. Souviens-toi, mon amour, nous étions comme des drogués avec cette série. Des vampires assoiffés de sang. Fébriles, on prenait des paris, qui va tuer qui, qui va baiser qui.
Je n'aurais jamais imaginé voir cette nouvelle saison sans toi et, surtout, je n'aurais jamais imaginé que tu partes avant la fin.
Tu y tenais tellement. Après chaque épisode, on philosophait, on extrapolait, entre Cersei et Thyrion, lequel des deux devait mourir ?
Daenerys et Jon Snow allaient-ils se marier ? Et surtout, quel personnage nous faisait le plus fantasmer ? Qui était le plus trouble ? Qui était le plus sensible ? Qui ne supporterions-nous pas de voir mourir ?
Donc, tu as choisi de ne pas connaître la fin.
Et tu as fait en sorte qu'on ne connaisse pas la tienne.

Ta vie, ton existence, un gigantesque point d'interrogation. On avait beau avoir suivi tous les épisodes, on ne connaissait pas l'intrigue.

L'autre jour, sur les collines de Bergerac, il pleuvait et il y avait un arc-en-ciel.
Les couleurs du ciel et des arbres balayés par le vent étaient d'une beauté à couper le souffle. J'ai aperçu une biche, enfin, j'ai cru. Tout était sublime et parfait.
Et j'ai pensé, donc, il a choisi de ne plus voir ça.

Comment fait-on pour être certain de ne plus jamais vouloir voir, sentir, entendre ? Comment fait-on pour être certain, tout court ?
Tu disais toujours que tu étais certain. Ça m'agaçait au plus haut point.
Quand je te demandais au sujet de tout et n'importe quoi si tu en étais sûr, tu me répondais :
« Certain, absolument certain. »
Donc là, tu étais certain de vouloir en finir avec cette existence si douloureuse qu'elle avait pu te faire oublier ce qu'il y avait de bon, de beau ?
Tu sais, j'ai parlé avec mon cousin israélien, celui qui est flic. Après qu'il a appris l'horrible nouvelle, il m'a dit :
« *I know that you feel guilty, but don't... he chose...*
– *Yes, he chose, but anyway, I feel guilty...* » C'est dans la logique des choses.
Et de ça, en étais-tu certain ? As-tu choisi délibérément de me faire culpabiliser ? Ou étais-tu déjà si loin que tu n'y as pas pensé ?
Étais-tu certain de faire le bon choix ?
Étais-tu certain de ne pas nous faire souffrir ?
Tu nous as déchirés, mon amour. Tu t'es peut-être soulagé, mais tu nous as déchirés. Et moi, tu m'as brûlé les entrailles.
J'ai un petit feu intérieur qui ne s'éteint pas. Pas une flamme. Un feu.
Et le plus étrange, c'est que ce feu est glacial.

La Javanaise

Aujourd'hui, je suis allée faire des courses pour Paul et moi. Tu sais, on est que tous les deux. Oscar est en Italie avec sa chérie et Rose à Montpellier chez mes cousins.
Du coup, j'ai un peu plus de temps pour rêvasser, faire des courses, cuisiner.
Donc, j'étais chez Picard pour acheter quelques glaces, je traînais dans les rayons, j'écoutais la musique de fond et tout, absolument tout, me ramenait vers toi.
Ça m'a presque amusée, toi qui détestais les surgelés... Et puis il y a eu cette chanson. *La Javanaise.*
Je me suis mise à chanter à tue-tête, on aurait dit une folle et, en passant à la caisse, je ne me suis pas arrêtée, j'ai continué à chanter en rangeant mes achats.
La caissière était interloquée. Comment aurait-elle pu comprendre ?...

Je te l'ai chantée à toi cette chanson, parce que je sais que tu m'entends. Parce que tu ne peux pas avoir oublié ce jour où, pour l'anniversaire de ta mère, nous avions improvisé un karaoké chez ta sœur et que ni l'un ni l'autre nous ne voulions chanter seuls. On avait le trac. Alors, on avait

choisi de la chanter ensemble, cette chanson, *La Javanaise*. Et on leur avait montré à tous comment nous nous aimions le temps d'une chanson et surtout, que la chanson durerait toute notre vie, et qu'à cela personne n'y pouvait rien changer.
On s'était bien débrouillé, pas de fausse note, on était parfaitement synchro. On était si fiers. Heureux et provocateurs. Tu vois, moi non plus, je n'oublie rien. Je n'oublie rien et ça m'étonne.
Ça m'étonne parce que je me suis rendu compte qu'en mourant tu as tué le passé. Le tien, le mien. Tu as tout emporté dans ta chute.
Jusque-là, j'étais une enfant, je croyais que le passé était présent, que rien ne pouvait l'effacer. D'ailleurs tu me le reprochais. Tu me disais que je vivais trop dans le passé. Moi, je pensais comme les gosses dans la cour de récré. Je jouais toute seule à « tu-m'as-tuée-mais-on-dirait-que-je-ne-suis-pas-morte » et j'aimais ça. L'idée que tout est possible, que si le passé ne meurt pas, alors nous non plus.
Pas plus que nos pensées, nos gestes ou nos souvenirs.

Mais là, j'ai grandi. Quand on est mort on est mort. Merde ! Franchement ? Je t'en veux.
À votre avis, qu'avons-nous vu de l'amour ?
De vous à moi, vous m'avez eue, mon amour.
Ne vous déplaise, en dansant la Javanaise.
*Nous nous aimions le temps d'une chanson.**

---

* *La Javanaise*, paroles et composition de Serge Gainsbourg, 1963.

Je ne t'aime plus mon amour

Il y a eu des moments terribles entre nous. D'ailleurs, on nous appelait les enfants terribles. Il y a eu des moments où nous nous détestions.
J'ai longtemps supposé que c'était normal, un couple Burton-Taylor, quelque chose comme ça.

Nous nous aimions trop fort pour que ça n'éclate pas de temps à autre. Et ça éclatait souvent. Violemment. Nos disputes étaient extraordinaires. Nombre d'entre elles avaient attiré les regards réprobateurs des voisins, parfois les flics.
Quelquefois, c'était un calme blanc, juste avant la tempête.
Je me souviens d'un jour en particulier, au petit matin, quelque chose de bizarre s'est passé. Je ne sais pas comment c'est arrivé, mais c'est arrivé.

Longtemps, je me suis endormie avec une obsession : ne pas faire de cauchemars. Je n'en faisais pas et, si par hasard ça arrivait, je décidais de reprendre la fin de mon rêve et de la transformer.

Je me rendormais et j'arrivais à renverser la pire des situations.
Moi, criminelle, poursuivie par la police et trouvant le moyen de lui échapper au dernier moment en m'envolant comme si je nageais la brasse… C'était d'une facilité enfantine.
Ou, au contraire, j'étais victime d'un psychopathe qui voulait me faire la peau, et que j'arrivais miraculeusement à maîtriser et à raisonner. Je le changeais littéralement en agneau et, contre toute attente, il m'arrivait d'en tomber amoureuse.
Depuis toute petite, j'ai toujours manipulé mes rêves. Ça m'a beaucoup aidée dans la vraie vie.
Le fait de me dire que tout était possible était une source d'espoir inépuisable. J'étais résolument optimiste. D'aucuns m'auraient qualifiée de fantasque, moi je me voyais optimiste, et toi ça t'énervait. Je crois même que le mot « optimiste » te mettait profondément mal à l'aise.

Non, je ne sais pas comment c'est arrivé mais, ce matin-là, je t'ai regardé te réveiller et j'ai bien cru que c'était la fin de notre histoire. Un vrai cauchemar.
Ce matin-là, je n'ai plus aimé ta tête. Pas seulement ta tête des petits matins malingres mais ta tête de quand tu fais la tête, ta tête de quand t'as envie de faire pipi et qu'il te faut sortir du lit et affronter le froid du carrelage, ta tête de quand t'as trop bu la veille, ta tête de quand t'es en retard, ta tête de quand tu vas nous chercher des poux dans la tête, ta tête de tous les jours…

Pire que ça, je n'ai plus aimé ton esprit, pourtant si vif, puis ton regard, puis tes yeux, puis ton nez, puis ta respiration, ta bouche, ta voix, tes mots.
En descendant, je me suis aperçue que je n'aimais plus non plus ton cou épais de taureau, tes épaules, ton torse, ton ventre, et ton bas-ventre, tes fesses rondes et fermes, tes cuisses de footballeur, tes mollets et encore moins tes pieds, ceux d'un colosse gigantesque, plats et bruyants qui s'abattaient sur le sol.
Ce matin-là, le colosse m'est apparu faux, amoindri, pitoyable.
Voilà. C'est venu comme ça. Un non-amour, une lassitude, un désespoir tranquille. Comme une envie irrépressible de faire la sieste, le coup de barre postprandial.
Était-ce le temps qui nous avait assassinés ? Nos disputes ?
Le temps nous séparait tout autant que nos disputes.
Il ne passait pas de la même façon pour toi que pour moi.
Il y avait un perpétuel décalage horaire entre nous avec le *jet lag* consécutif.
Quand l'un était en forme, l'autre était fatigué. Nous n'avions jamais sommeil en même temps. J'étais du matin, tu étais du soir.
Je ne savais pas encore à cette époque, que tu passais des nuits entières sans dormir. C'était le début de ta maladie, mais rien ne l'indiquait. Surtout pas toi.

Ce matin-là, je me souviens parfaitement de ce que j'ai pensé. Je t'ai regardé et j'ai pensé que je ne t'aimais plus.

Tu as ouvert les yeux, je t'ai regardé faire. Puis tu m'as souri.
Simplement souri.
Alors j'ai pensé, je ne t'aime plus mon amour, je ne t'aime plus tous les jours. Une fois de plus, j'avais transformé mon cauchemar en rêve.

Je t'aime moi non plus

Je me souviens en particulier de deux disputes si cruelles qu'elles m'avaient poussée à partir. La première, pendant un an, la seconde trois mois.
J'ai réussi à te quitter deux fois. Toi, une seule.
Nous jouions un jeu dangereux. Mais toi, tu as gagné.
Deux fois j'avais fait mes valises, quelques cartons, pris les enfants et je m'étais sauvée. Comme une voleuse.
C'est drôle, tu ne me rattrapais jamais.
Peut-être n'en avais-tu pas envie ? Peut-être étais-tu trop fier ? Sûrement. Peut-être savais-tu que j'allais revenir ?
La première fois où je suis partie, c'était quand nous vivions canal Saint-Martin.
Ce jour-là, tout était calme à la maison, Paul dormait profondément, on n'entendait que le bruit de sa tétine qu'il mâchouillait goulûment dans son sommeil, il avait presque trois ans, et ne pouvait toujours pas s'en passer.
Oscar, lui, était installé sur le canapé en cuir fauve, en train de lire tranquillement. Malheureusement, ses chaussures aux pieds, ses pieds sur le canapé.

Tu es rentré du travail à ce moment-là. Tu étais contrarié, ça ne se passait pas bien avec tes associés, enfin, pas comme tu l'aurais souhaité.
Il ne t'en a pas fallu davantage.
Tu l'as vu. Lui aussi a vu que tu l'avais vu et, avant qu'il ne retire ses pieds, tu t'es mis à hurler, nous ne faisions attention à rien, on ne méritait pas d'avoir un si beau canapé, puis tu l'as insulté copieusement.
Tout y est passé et, comme il te regardait mi-abasourdi, mi-apitoyé, tu lui as pincé la joue. Si fort qu'il en a eu un bleu le lendemain.
Je regardais mon petit bonhomme de dix ans, les yeux brillants, qui retenait ses larmes et, à ce moment précis, je t'ai souhaité le pire.
J'ai couru à la cuisine chercher une grande poêle bien lourde de façon à t'en asséner un coup si tu t'approchais encore de lui. Ce que tu n'as pas fait.
La violence de tes mots, de ton geste, m'a fait un électrochoc. Comment pouvait-on se comporter de la sorte avec un enfant de dix ans ?...
À vrai dire, c'est toi qui ne méritais pas d'avoir une si belle famille.

Alors je suis partie, je t'ai privé de nous, je me suis privée de notre amour. Tu l'avais abîmé, je t'en voulais terriblement...
Comment avais-tu pu agir de la sorte avec mon fils ? Certes, celui que j'avais eu avec un autre homme, mais un homme avec qui je m'étais mariée, et que j'avais aimé.

Un homme à cause duquel tu ne voulais pas m'épouser. Tu disais régulièrement que je n'étais pas la femme d'un seul homme, que j'étais instable puisque j'avais divorcé. Tu te méfiais de moi, tu ne croyais pas à mon amour, et faisais tout pour le détruire. Tu ne me faisais pas confiance et me le répétais sans cesse.
« Je ne te fais pas confiance ! »
Selon toi, j'étais tombée trop facilement amoureuse, c'était louche. Comment pouvait-on aimer un homme comme toi ? Toi qui te détestais ?
Et moi je pensais autre chose. Comment peut-il être si détestable alors qu'il nous aime tant ? Comment peut-il ne pas voir, ne pas savoir que l'on s'aime profondément ? Je n'avais aucun doute là-dessus. Je savais que tu m'aimais et je n'en demandais pas plus. Pas besoin de preuves. Toi, tu n'attendais que ça, des preuves.
Mais quoi ? Que fallait-il faire ? Que fallait-il dire ? Je t'aime, moi non plus.

I just called to say I love you

Il m'a fallu dix jours pour trouver du travail et quinze pour un appartement. J'avais dégoté un joli petit deux-pièces dans le Marais, le quartier de mon enfance, ce qui me rassurait. Et surtout, j'avais pu me faire embaucher dans un laboratoire pharmaceutique. Je devais présenter des médicaments aux médecins et faire en sorte qu'ils les prescrivent à tout va, au tout-venant. Visiteuse médicale. C'était un job agréable, pas très épanouissant, ni très intelligent, mais j'aimais bien. J'avais un salaire correct, une voiture de fonction et des horaires qui me permettaient de voir les enfants, d'en profiter pleinement.
Dix jours, c'était rapide, tu as été surpris de mon efficacité et de mon courage, je crois. Tu semblais fier de moi. J'aurais fait n'importe quoi pour que tu sois fier de moi, y compris te quitter.
Au début, tu étais quand même étonné que j'ai osé partir. Du coup, tu ne m'en as pas voulu. Tu m'as même aidée à choisir un canapé-lit. Rouge tomette.
Je dormais dans le salon, les enfants dans la chambre. Nous nous voyions tous les jours, tu venais dîner à la maison, parfois tu restais dormir.

J'ai aimé ces moments. Je te recevais comme mon amant, nous étions comme deux étrangers qui se seraient bien connus dans une vie antérieure.
En quelques semaines, j'avais complètement changé de look et j'avais fait deux choses que tu refusais catégoriquement que je fasse. Je m'étais fait raser la tête et j'avais acheté un chien. Une jolie petite femelle blanche. De dos, je ressemblais à un petit garçon, ça ne te déplaisait pas et j'étais contente d'avoir pu faire ce que je voulais sans que ça provoque d'esclandre. Quant au chien que j'avais adopté sans ton autorisation, tu n'y prêtais pas attention et tout se passait bien.
Je m'étais fait raser la tête pour deux raisons, me sentir légère, et effacer trois ans de ma vie par le biais de trente centimètres de chevelure. Commencer une nouvelle vie avec ou sans toi. Quand on me demandait pourquoi j'avais fait ça, je m'amusais à répondre que c'était mon épuration à moi, que j'avais couché avec l'ennemi pendant trois ans.

Les temps qui ont suivi cette séparation ont été bizarres. Tantôt ennuyeux, tantôt Rock'n roll. Passée la nouveauté de la situation et notre nouvelle relation, tu as commencé à changer, tu m'en voulais, tu es devenu agressif.
Un soir où tu étais venu dîner, tu t'es énervé, tu t'es mis à crier.
J'ai eu peur. Pour les enfants, pour moi. J'ai eu honte pour les voisins. Je t'ai demandé de partir.

Tu venais de moins en moins, tu travaillais souvent à l'étranger, tu partais en mission longtemps, parfois deux mois, et ne revenais que très peu à Paris.
J'ai su par la suite que tu avais eu des aventures, rien de sérieux mais suffisamment chronophages pour t'empêcher de voir ton fils.
Tu ne voyais pas souvent Paul, j'en étais triste, parfois en colère.
Pourtant, il ne te réclamait pas. Lui aussi avait subi tes frasques, tes coups de gueule, tes réveils au beau milieu de la nuit parce que quelque chose ne t'avait pas plu et que tu avais cru bon de le signifier sans égard pour l'enfant profondément endormi, juste à côté.
Pour toi, peu importait l'heure, que ce soit nuit ou jour, il fallait que tu te soulages. Rien ni personne ne pouvait t'arrêter, pas même toi.
Paul avait peur de toi.
Dans ce nouvel appartement, il se sentait bien, au calme. Il partageait la chambre avec Oscar, ils s'entendaient bien, ils riaient beaucoup ensemble. Contre toute attente, c'était une période heureuse pour les garçons.
Oscar était rentré au collège, Paul à la maternelle.
Moi, je me voyais comme une pauvre fille, avec deux gosses de deux pères différents, qui n'avait su garder aucun des deux. Au bout de six mois, on ne se voyait plus du tout.
Tu m'as manqué, mon amour.
Tu ne sauras jamais combien tu m'as manqué. J'ai essayé de t'oublier comme j'ai pu.

Je sortais souvent. Des dîners ennuyeux organisés par le laboratoire, avec tous les médecins de mon secteur. Des séminaires, des congrès, des aventures. Je me sentais belle, je me sentais vivre.
Je me suis fait beaucoup de nouveaux amis. Je ne savais pas combien de temps ça allait durer. Toutes ces rencontres m'abrutissaient et me donnaient le vertige. Surtout, ça m'évitait de penser à toi et, quand ça arrivait, je sautais sur mon Lexomil. C'était la béquille qui me permettait d'avancer. Je ne m'en sortais pas trop mal.
Au bout de presque un an, alors que tu rentrais d'un voyage à New York, tu m'as téléphoné. On ne s'était pas parlé depuis plus d'un mois, la dernière discussion avait été houleuse. Tu étais fatigué, le *jet lag*. Tu voulais voir ton fils. Tu voulais que je te l'amène, ainsi qu'une pizza, car pas la force de venir le chercher. La pizza, non plus. J'ai fait l'aller-retour en un clin d'œil, je ne voulais pas m'attarder chez toi. Il était un peu tard lorsque je suis rentrée chez moi.
À peine arrivée, le téléphone a retenti, tu voulais parler. Et tu m'as parlé toute la nuit, j'avais l'oreille brûlante, pas tant à cause du combiné, que des mots doux que tu me murmurais. C'était la première fois que je t'entendais murmurer. Je ne t'en savais pas capable. Cette nuit-là, tu m'as dit tout ce que j'attendais de toi.
Tu as fait un *mea culpa* gros comme la place de la Concorde. Tu as juré qu'il n'y aurait plus de colères ni de violence.
Et tu as fini par me dire, *I just called to say I love you.*

Bonnie and Clyde

Et j'ai décidé de te pardonner.
Tu as voulu que nous nous réinstallions ensemble. J'en étais ravie. Mais il n'était pas question que je bouge, que je quitte mon minuscule appartement du Marais que j'adorais. Il n'était pas question que je revienne dans le tien, beaucoup plus grand. Je m'y sentais étrangère et il me rappelait d'horribles souvenirs.
Je croyais à la mémoire des murs.
Alors c'est toi qui es venu. Avec tes petites affaires. Tu as su te faire discret, tu osais à peine à accrocher un manteau, de peur de bousculer l'un des miens.
Pendant un an, malgré la promiscuité, l'exiguïté des lieux, il n'y a jamais eu d'énervement, jamais un mot plus haut que l'autre.
Avec les garçons, tu as été d'une patience exemplaire.
Avec moi, gentil, attentionné, compréhensif.
Tu étais plus amoureux que jamais, moi aussi.
Nous dormions enlacés, nous marchions main dans la main. Tu te souviens, mon amour ? J'y croyais, j'avais réussi à oublier nos disputes, elles me paraissaient si lointaines que pour moi, il y avait prescription.

Cette année-là, nous sommes allés faire du ski. Tu voulais me faire plaisir, toi qui n'en avais jamais fait et n'en avais pas envie.
Je me souviens, c'était à Megève.
Nous avions loué un joli petit appartement dans un chalet un peu excentré.
Tu as eu l'excellente mauvaise idée d'attraper la varicelle. Ça t'a cloué au lit pendant plusieurs jours et mis dans un drôle d'état, tant physique que psychologique. Tu avais une fièvre de cheval et tu délirais. Tu étais déformé par les pustules, pas un centimètre de peau n'avait été épargné, c'était monstrueux.
Une nuit, tu t'es levé pour aller à la salle de bain, et quand tu t'es vu dans le miroir, tu as hurlé. Tu m'as dit en revenant : « Viens, on joue à *La Belle et la Bête* ! »
J'avais éclaté de rire. Je t'aimais tellement.
Il y a eu des moments de complicité extraordinaire entre nous. Nos moments, nos heures.

Tu te souviens du Canada, mon amour ? À l'époque, nous n'avions pas encore Paul. Oscar, lui, était en vacances avec son père.
Notre premier voyage. Nos premières vacances. Rien que tous les deux.
Le guide indien, tu t'en souviens ? Il s'appelait Michel. Rien que ça, ça nous faisait rire. Il avait une tête à s'appeler « Petit poney sous le soleil » ou « Petite montagne d'eucalyptus », mais sûrement pas « Michel ».
Il nous avait proposé de faire une excursion « Découverte

de la nature ». Il nous avait assuré que nous verrions des ours et toutes sortes d'animaux sauvages. On était chaud bouillant !
De vrais gamins !
Il fallait monter dans une pirogue, sur un grand lac noir, entouré de sapins centenaires et gigantesques.
Surtout, Michel nous avait recommandé de ne faire aucun bruit si nous voulions avoir la chance de voir les animaux. Ne pas les effrayer.
En montant dans la pirogue, on a failli chavirer. Je me suis mise à hurler, il y avait un écho terrible. Et toi, tu me disais, chut, chut, tu me faisais de grands gestes pour me dire de me taire et aussi pour montrer à Michel que tu ne cautionnais pas mon hystérie.
Tu avais plus ou moins réussi à stabiliser l'embarcation. En voulant t'asseoir, tu as commencé à lâcher une série de pets sonores.
Je riais tellement que je me suis fait pipi dessus. La pirogue s'est remise à balancer de plus en plus fort, je paniquais complètement. Le lac me terrifiait, on ne voyait pas le fond, j'étais affolée et hilare.
Et il y avait plein d'eau dans la pirogue, on a vraiment failli chavirer et couler. Finalement, tu as réussi à nous équilibrer mais on a fait un boucan de dingues !
Il y avait un couple de Belges, dans une autre pirogue, un peu éloignée de la nôtre. Ils étaient sages et silencieux. Eux aussi étaient venus découvrir la nature…
Ils nous jetaient des regards noirs. On leur a gâché leur excursion.

La découverte de la nature n'a jamais eu lieu ce jour-là, ou sinon de la nôtre. Et nous n'avons jamais vu les ours. Les Belges non plus.
Le lendemain, nous sommes allés dans une petite auberge, une sorte de *Bed and breakfast*. L'endroit était adorable et nous en sommes partis sans payer.
Tu te souviens, mon amour ?

En pleine nuit, nous avions descendu nos bagages sur la pointe des pieds, cette fois on n'avait fait aucun bruit et on avait chargé la voiture. Prêts à lever le camp.
Au petit matin, après un copieux petit-déjeuner, une bonne douche que nous avions prise séparément, l'un après l'autre, pour ne pas laisser la chambre vide et ne pas éveiller les soupçons, nous nous sommes sauvés. Comme des voleurs !

On n'avait presque plus de sous pour payer l'auberge, le peu qui nous restait, on voulait le garder pour ramener des souvenirs à la famille. Je tenais absolument à rapporter une tenue indienne à Oscar.
Pardon à ce couple d'aubergistes qui nous a accordé sa confiance. Quand j'y repense, j'en ris encore. J'ai encore honte.
On était les enfants terribles. On était *Bonnie and Clyde*.

Cataclysme

Tu te souviens, mon amour, le retour de Megève ?

Nous étions invités, tout le temps. Tout le monde voulait voir le « nouveau-déjà-vieux-couple » que nous formions. Tout le monde savait que nous avions été séparés pendant un an et que nous nous étions retrouvés. Plus amoureux que jamais.

On a dû alimenter pas mal de conversations dans nos familles respectives. Nous étions des stars en quelque sorte. Tout le monde attendait la suite du feuilleton…

On aimait ça. Et ce qui comptait, c'était qu'on s'était retrouvés. On était rassurés. Comme si plus rien de mal ne pouvait nous arriver.

Nous avons continué notre petite vie de famille comme si rien ne s'était jamais passé. D'ailleurs, pour moi, tout était normal.

À cette époque, Paul avait quatre ans. Il aimait aller à l'école, il aimait que j'aille le chercher et que nous courions comme des fous dans la rue jusqu'à la maison.

L'hiver avait été très froid et je lui disais : « Viens vite, viens vite, on rentre. Nous on est les Indiens du chaud, vite, vite, avant que les cow-boys du froid nous rattrapent ! »

Il adorait que l'on invente des jeux que nous étions seuls à comprendre.
Et on continuait le jeu à la maison avec les Playmobils.
On jouissait de ces moments privilégiés où nous étions coupés du reste du monde. Tu étais au bureau, Oscar au collège.
L'année fut sereine.
L'été, nous sommes partis au Maroc, Paul, Oscar et nous deux. Je rêvais d'y aller, tu m'as fait plaisir. Tu aurais fait n'importe quoi pour me faire plaisir.

Il y avait pourtant une ombre au tableau. Paul ne te supportait pas, il ne voulait pas de toi. Il t'en voulait d'être réapparu au bout d'un an et de ne plus avoir sa maman pour lui autant qu'il l'aurait souhaité. Il avait pris de mauvaises habitudes.

Lorsque tu le prenais dans les bras, il se débattait comme un diable et je me souviens d'une fois où il t'a lacéré le visage avec ses ongles. Tu semblais perplexe, j'en étais malade.
Je ne comprenais pas comment tu faisais pour ne pas t'énerver, pour ne pas le corriger. Ça ne te ressemblait pas. Moi, j'essayais de lui parler mais il ne m'écoutait pas. Je comprenais sa rage mais j'aurais voulu qu'il fasse comme moi, qu'il ait oublié, qu'il te pardonne. C'était impossible.
Un jour où j'étais triste et qu'il pensait que tu étais la cause de mon chagrin, Paul m'a hurlé dessus : « Mais

Maman, divorce de ce con, il est fou, trouve-toi un autre mari !!! »
J'étais sidérée. Je l'ai grondé, autant pour son vocabulaire que pour l'idée, mais au fond, ça m'a interpellée. Et s'il avait raison ? S'il était le seul à voir juste ?
Il y avait une chose où, sûr, il se trompait, c'est que nous n'étions pas encore mariés !
C'était un gros problème entre nous, tu ne voulais toujours pas. J'en étais mortifiée. Je pleurais souvent pour cette raison.
Malgré cela, je continuais d'y croire. J'attendais, en évitant d'en parler. Je me disais que tu étais dans de bonnes dispositions, que ça arriverait bien un jour.
Paul ne se disait pas la même chose, c'était sa pire crainte. Lui devait savoir ce que je refusais de voir.
Il attendait autre chose. Il attendait que j'ouvre les yeux.
Il attendait le moment où tu montrerais ton vrai visage, du moins celui qu'il connaissait. Il attendait le moment où tu lèverais la main sur lui ou sur moi.
Il avait meilleure mémoire que moi…
Pour cela, il te provoquait comme on fait exploser un bagage suspect abandonné dans un hall d'aéroport. La meilleure défense c'est l'attaque.

Tu te rappelles, mon amour, le Luberon ? Pardonne-moi, je reviens encore en arrière. La première fois que nous sommes partis là-bas, Oscar avait neuf ans, Paul était tout bébé. Il gazouillait, avait toujours le sourire. Un bébé idéal, adorable.

Nous étions allés voir tes amis, une joyeuse bande de fumeurs de joints. C'était à Cucuron. On avait passé un très agréable séjour, nous y avions été heureux.
L'endroit nous avait tellement plu qu'on s'était juré d'y retourner l'année suivante. Les années se suivent, et…

Donc, l'année d'après, tu as réservé dans une magnifique auberge de Lourmarin, une immense chambre pour Paul, toi et moi. Cette fois-là, Oscar était avec son père. Les semaines qui avaient précédé le voyage avaient été pénibles, nous nous disputions sans cesse, nous étions fatigués l'un et l'autre, l'un de l'autre.
Je comptais sur ce séjour pour nous retrouver, pour nous aimer. À nouveau.
Nous avions fait le voyage en voiture, la Lancia bleue. Tu étais seul à conduire. Moi, je n'aimais pas conduire sur de longues distances, ça tombait bien, tu n'aurais pas voulu. Là-dessus au moins, nous étions d'accord.
Le soir de notre arrivée, nous avons dîné dans un excellent restaurant. Tu semblais détendu, du bon vin, de l'huile d'olive, il faisait bon, j'étais heureuse. Tu parlais doucement, Paul s'était endormi dans sa poussette.
Au cours du repas, tu as commencé à changer d'attitude, tu t'agitais. J'ai pensé que c'était le contrecoup du voyage, qu'il te fallait une bonne nuit de sommeil et que tout rentrerait dans l'ordre le lendemain.
Mais toi, tu ne voulais pas rentrer tout de suite à l'auberge, tu ne voulais pas aller dormir, tu voulais sortir, et surtout, tu voulais aller voir la bande. Moi, je savais qu'ils n'étaient

pas encore tous là et je t'ai demandé d'attendre, je t'ai dit que nous aurions toutes les vacances pour les voir, que là c'était le premier jour, que j'étais fatiguée et toi aussi.
Tu n'as rien voulu savoir. Tu m'as répondu que justement, les autres n'étant pas encore là, Véro, la compagne de ton meilleur ami, se sentait seule, c'était pas cool pour elle, elle était enceinte, elle s'ennuyait et tu devais absolument aller la voir ce soir-là.
Moi aussi j'étais enceinte. Mais je ne te l'avais pas encore dit. J'attendais les trois mois réglementaires pour l'annoncer, j'attendais d'être sûre qu'il tienne bien… Et nous aussi.
J'ai insisté pour que nous rentrions, j'ai essayé de te dissuader de rejoindre Véro. Nous avions fait beaucoup de route, il était tard, pas loin de minuit, je t'ai dit que je préférais rentrer directement à l'auberge. J'avais envie que tu me prennes dans tes bras, ça faisait longtemps que cela ne nous était pas arrivé. Tu n'as rien voulu entendre.
Tu n'avais pas sommeil, tu disais que tu étais en pleine forme, tu voulais le fumer, ce putain de joint avec ta copine, la femme de ton pote, qui de plus était enceinte !
Je ne comprenais pas comment tu pouvais ne pas être fatigué, je m'imaginais des choses.

Tu nous as ramenés à l'auberge, Paul et moi. Tu n'es pas descendu de la voiture pour nous accompagner à la chambre. J'étais chargée comme un mulet : la *Mac-Laren* dans une main, Paul qui dormait profondément dans l'autre bras.

Je suis montée dans cette belle et grande chambre. Remplie de désespoir et de ton absence. Je me suis mise à pleurer et j'ai fini par m'endormir.
Vers quatre heures du matin, tu es rentré, complètement stone. Je ne sais même pas comment tu as pu conduire dans cet état. Tu as allumé la lumière en grand, puis la télévision.
Comme si nous n'existions pas, Paul et moi. Tu nous as réveillés. Le petit a commencé à pleurer.
J'étais consternée. Je t'ai demandé d'arrêter ça tout de suite, je t'ai dit que tu me dégoûtais. Comment osais-tu agir de la sorte ? Me réveiller, passe encore, mais le petit… Comment pouvais-tu ne pas respecter le plus sacré ? Ton fils.
Tu t'es mis à hurler, je t'ai demandé de te taire, d'éteindre la lumière, la télévision. J'avais honte aussi. Je savais que tout l'étage t'entendait.
Paul pleurait de plus en plus fort. J'essayais de le calmer. Je l'ai pris contre moi, dans ce grand fauteuil que tu trouvais magnifique. Un genre de crapaud Louis XVI doré. Tu as continué à t'agiter, à gesticuler et à trépigner. Je t'ai dit de la fermer.
Paul se blottissait contre moi, il n'en pouvait plus, moi non plus. Je lui ai bouché les oreilles, puis les miennes. Ça t'a rendu fou, tu m'as giflée. Fort. Ma tête a cogné contre le rebord du fauteuil. J'étais enceinte.
J'ai décidé d'avorter.
Cataclysme.

Famille Ricoré

Une dispute parmi tant d'autres. Une raison parmi tant d'autres pour laquelle Paul ne te supportait pas.
Il fallait t'obéir, mais pas seulement. Il fallait t'approuver. Alors, tu devenais un homme parfait. En fait, il t'en fallait peu pour être heureux. C'était une équation. Si nous obéissions aux ordres, si nous approuvions tes choix avec un réel enthousiasme, si nous t'écoutions et t'admirions, c'était gagné. On pouvait te demander la lune. Et tu nous l'apportais.
Parfois sur un plateau, parfois jetée à la gueule. Comme un os à un chien.
Cela se terminait toujours de la même manière. Nous étions ingrats, ou pire, nous ne t'aimions pas, toi qui te donnais tant de mal, qui nous emmenais dans les plus beaux endroits, les meilleurs restaurants. Toi qui nous offrais les plus belles vacances.
C'était important pour toi les vacances, primordial et obsessionnel.
À peine étions-nous arrivés, aussi idyllique que fût l'endroit, que tu pensais déjà au prochain endroit où nous

irions. Et les vacances tant attendues te semblaient toujours un peu moins attrayantes que les prochaines.
Moi, à peine nous arrivions quelque part, je me disais « pourvu que ça se passe bien »…
Tu répétais sans cesse que tu travaillais comme un cheval, que tu avais besoin de vacances plus que n'importe qui, mais surtout que tu travaillais pour nous, pour nous offrir le meilleur. Et que nous ne le voyions pas.
Mais si mon amour, nous le voyions très bien. Et nous t'aimions. Même Paul. Pourtant, tu ne nous facilitais pas la chose.
C'était si dur de t'aimer.
Oh, bien sûr, pas tout le temps. Il y a eu des moments où c'était simple, où c'était bon. Comme les mois qui ont suivi les vacances au Maroc. Un rêve. Outre le fait que Paul était infernal, que tu l'insupportais et qu'il te le signifiait allègrement. Toi, tu as été parfait.
Je te l'ai déjà dit. Tu étais adorable. Un vrai petit porte-clés !

Arriva ce qui devait arriver. Je suis tombée enceinte. Cette fois-ci, j'ai décidé de le garder. J'étais ravie de cette grossesse, toi aussi. Tu espérais avoir une fille. Un garçon, une fille, le choix du roi. Nous n'avions pas demandé à connaître le sexe de l'enfant, tous les espoirs étaient permis ! J'étais si heureuse, j'ai arrêté de travailler à ce moment-là.
Et toi, tu as décidé d'acheter un appartement, un grand. Pour loger toute la marmaille. Nos enfants, le mien, les nôtres, et le chien.

Oscar, qui avait treize ans, vivait avec nous bien qu'il fût souvent chez son père. Il était bon élève, sage à la maison, toujours un livre à la main. Même quand il descendait promener le chien, son livre ne le quittait pas. Ça se passait bien entre lui et toi, entre toi et moi. Nous étions prévenants l'un pour l'autre. Même Paul avait fini par se calmer. Il se méfiait moins de toi, tu t'en occupais davantage. Il avait pris une sorte de distance avec toi, un cordon sanitaire. Il se protégeait. Il était comme un petit louveteau apprivoisé, pas complètement docile, mais qui se laissait approcher.

Tu m'as chargée de la recherche de ce nouvel appartement. Nous en avons visité beaucoup. Aucun ne te plaisait. Trop petit, trop sombre, trop loin, trop cher.

Jusqu'au jour où tu t'es décidé pour un grand appartement du 17e arrondissement où tout était à refaire.

J'étais contente que tu te sois résolu à acheter cet appartement, ça me rassurait.

Je savais que pour toi, c'était une forme d'engagement, au moins aussi important que d'avoir des enfants.

Nous n'étions toujours pas mariés, je ne t'en parlais plus, je n'y pensais plus.

Je préférais consommer mon embourgeoisement, accaparée par ma grossesse. Il y a eu beaucoup de travaux dans cet appartement.

Beaucoup de travaux dont je ne me suis pas occupée.

Je n'aimais pas trop le quartier, un beau quartier, qui me faisait penser aux fameux Champs-Élysée… Mais nous étions près du parc Monceau, c'était bien pour les enfants.

Et ça faisait chic. J'ai adoré cette époque.
La nuit, je collais mon gros ventre contre tes reins et je m'endormais paisiblement en pensant que le lendemain serait encore meilleur.
On sortait beaucoup avec les enfants, de longues promenades, on s'amusait de tout et de rien. Nous étions légers.
Quand nous étions tous réunis, avec le chien, on ressemblait à la famille Ricoré.

2001

J'ai accouché en décembre.
Une merveilleuse petite poupée rose. On l'a appelée Rose.
Nous étions fous de joie. Enfin, une fille. Et elle me ressemblait tellement. Tu en étais dingue. J'étais flattée, tu disais que tu avais l'impression de m'avoir connue petite. C'était touchant. Je te regardais la détailler avec minutie. J'étais aux anges.
J'avais complètement oublié cet appartement et les travaux colossaux qui l'accompagnaient, je ne pensais qu'à nous. À notre famille enfin complète.

Tu as voulu tout refaire dans cet appartement. Pour cela, tu avais pris un cabinet d'architectes qui nous soumettait des plans tous plus délirants les uns que les autres. Tu as tout étudié, tout suivi avec assiduité, tu ne manquais aucune des réunions de chantier.
Tu posais dix fois les mêmes questions en espérant obtenir dix réponses différentes et, quand tu étais enfin convaincu, tu donnais ton accord.

Moi, les travaux, je les ai suivis de loin. Mis à part la cuisine que je souhaitais rouge et la couleur des chambres d'enfants, je n'ai pas eu mon mot à dire.
Ça ne me dérangeait pas, je craignais toujours d'intervenir et que ça fasse ralentir la progression du chantier. J'avais hâte d'emménager.
Par la suite, tu m'as reproché de n'avoir pas dit clairement ce que je souhaitais. Mais si je l'avais fait, nous nous serions sûrement disputés.
Souvent, je n'étais pas d'accord avec les architectes. Sur le papier, comme ça, c'était toujours bien, en réalité, au quotidien, peu pratique.
Eux, ils avaient envie de s'éclater, d'essayer tout ce qui se faisait de nouveau, moi j'envisageais d'autres idées qui me paraissaient plus logiques, plus simples.
Systématiquement, tu donnais raison aux architectes, ça m'agaçait, je laissais tomber.

Quand les travaux ont été terminés, environ huit mois plus tard, et que nous avons emménagé, il m'est arrivé de rouspéter parce que telle ou telle chose ne me convenait pas, comme la suite parentale que tu avais voulue avec la grande salle de bain ouverte sur la chambre de sorte qu'il était impossible d'avoir un peu d'intimité et qu'il y faisait toujours froid. En revanche, la pièce était magnifique, de la mosaïque violette aux murs et une énorme baignoire avec des pieds de lion.
Ce qui me dérangeait le plus, c'était cette histoire d'intimité. Pudique comme je suis, j'en souffrais.

Toi, tu étais content. Ça te permettait d'avoir un œil sur tous mes faits et gestes, de rentrer lorsque je prenais mon bain, sans avoir à toquer, de surveiller que je ne m'épile pas trop les sourcils ou que sais-je encore.
Ça me mettait mal à l'aise, je me méfiais de ton regard et des commentaires qui pouvaient s'en suivre.
Au fond de moi, je regrettais mon petit appartement du Marais. Au moins là-bas j'avais mon intimité, je m'y sentais bien, rassurée. Dans celui-là, je me sentais étrangère, perdue, je me sentais en terrain hostile.
J'avais honte de le dire, de le penser.
Je n'aimais pas que tu puisses entrer dans la salle de bain à ta guise. Je n'aimais pas que tu veuilles absolument entrer dans la baignoire quand je m'y trouvais. Tu avais quarante kilos et trente centimètres de plus que moi, j'avais la sensation d'y étouffer. Tu te vexais quand je te disais non. Tu te mettais en colère, tu ne me comprenais pas. Parfois, je cédais à la pression. Un jour, j'en ai eu assez, et j'ai demandé que l'on pose un verrou au moins à la porte de la chambre afin que je puisse m'y isoler si nécessaire. Tu me l'as accordé. Mais tu n'hésitais pas à prendre un tournevis pour entrer, là, tout de suite, si tu estimais que je restais enfermée trop longtemps.
Ça me rendait dingue.
Un soir où tu hurlais, ne me demande pas pourquoi, je ne m'en souviens plus, je suis allée me coucher, enfermée dans notre chambre. C'était la première fois depuis longtemps. Tu t'es mis dans une terrible colère.

Tu tambourinais à la porte, tu voulais que j'entende ce que tu avais à dire, tu me sommais de le faire, tu hurlais tellement, mon amour, que je n'entendais rien.
Tu me faisais peur. Rose aussi, elle ouvrait de grands yeux affolés. Voilà pourquoi je m'étais enfermée. Avec elle.
Tu as, bien sûr, ouvert, armé de ton super tournevis. Tu exigeais que je t'écoute jusqu'au bout. Le bout pouvait être le bout de la nuit, tout dépendait de ton énergie.

Lorsque tu es apparu près du lit, j'ai bondi, j'ai couru jusqu'à la chambre d'Oscar, la seule pièce dont la porte fermait à clé. Là, impossible d'ouvrir de l'extérieur.
Tu me hurlais d'ouvrir cette putain de porte. Devant mon refus d'obtempérer, tu as trouvé la solution.
Tu n'as pas hésité. Ni une ni deux, tu as enjambé le balcon de la salle à manger, puis celui de la chambre de Paul, pour arriver sur celui de la chambre où je m'étais retranchée. Tu es entré par la fenêtre. J'ai eu envie de rire lorsque je t'ai vu, tout rouge, les cheveux hirsutes, mais au fond, je savais que c'était dramatique. Tu étais capable de tout pour avoir gain de cause. Et le pire, c'était ton regard. Triste et en colère. Triste de ne pas être compris, en colère de ne pas me comprendre. Ce jour-là, j'ai su que tes colères étaient dirigées contre ton pire ennemi. Toi-même.

Enfant gâtée

La première année dans le 17e a été redoutable. Les crises se succédaient, impossible de reprendre son souffle.
Un soir, tu t'es énervé parce que Paul refusait de t'obéir et d'aller se laver les mains. Il disait qu'il l'avait déjà fait, tu lui disais qu'il mentait, qu'il était sale, dégueulasse. Le fait est qu'il avait plein de stylo sur les doigts et que ça ne partait pas.
J'ai pris sa défense, tu t'en es pris à moi, tu hurlais, tu l'insultais.
Tu me disais que je ne respectais rien ni personne, surtout pas toi, que je te déjugeais. Tu as fini par me dire que j'étais une « sale gosse gâtée ».
C'était en juin, il faisait chaud, les fenêtres étaient grandes ouvertes. Tout l'immeuble a entendu.
Tu as hurlé tant et si bien que les voisins ont appelé les flics.
Paul continuait à pleurer et moi je m'y étais mise. Rose hurlait à son tour. Mais quand les flics sont arrivés, tu t'es calmé.
Sur-le-champ.
De bataille.

J'avais l'impression que des corps jonchaient le sol, le beau parquet vitrifié de la salle à manger et que, dans un nuage de poussière, la table était devenue une tranchée ensanglantée. Une vision d'horreur.
C'était impressionnant de voir avec quelle rapidité tu as recouvré tes esprits, la manière dont tu t'es excusé auprès des flics pour le dérangement.
C'est tout juste si tu ne leur as pas proposé un coup à boire… Un bon pote ! Un type extra !
Comme tu as toujours su l'être quand tu te sentais bien. Avec nos amis, avec nous aussi.

Peu de temps après, Paul a commencé à souffrir d'encoprésie. Il s'allongeait à même le sol de sa chambre, fixait le plafond et se faisait dessus. En vérité, je pensais qu'il nous faisait dessus. Il avait cinq ans et c'était un enfant dépressif. À la maison, il était léthargique, à l'école, surexcité et hyperviolent.
Pas une journée sans bagarre, j'étais régulièrement convoquée par la maîtresse.

Dans sa chambre, régnait constamment une odeur nauséabonde, je trouvais des caleçons souillés dans son armoire, cachés au milieu du linge propre.
Je ne savais plus quoi faire, il me fendait le cœur.
Je ne l'ai jamais grondé pour cette raison, je discutais avec lui. J'avais une petite idée de la cause de son problème, mais je n'en venais pas à bout.

Nous avons consulté plusieurs psychologues, pendant plusieurs mois, sans résultats. Tous me demandaient à voir le papa… mais le papa ne voulait pas y aller.
Quant à Rose, elle ne me lâchait pas d'une semelle, elle refusait de dormir et de s'endormir si je ne restais pas à ses côtés. Il fallait la caresser, la rassurer, lui tenir la main. Le rituel d'endormissement était devenu un parcours du combattant qui pouvait durer des heures. Et quand elle dormait enfin, des cauchemars à n'en plus finir ponctués de cris stridents. Par la suite, elle est devenue somnambule.
Il a fallu choisir une solution qui soit la moins fatigante pour moi qui devais me lever plusieurs fois par nuit. On l'a gardée dans la chambre avec nous pendant trois ans. Son petit lit à barreaux collé au nôtre.
Paul allait de mal en pis et puis, un beau jour, on est tombés sur le bon psy, un qui ne demandait pas spécialement à voir le papa et qui a réglé le problème de l'encoprésie en deux séances. Je n'ai jamais su ce qu'il avait bien pu lui dire.
Paul ne se faisait plus dessus.
Par contre, il avait gardé une sale habitude lorsqu'il allait aux toilettes, il ne tirait pas la chasse et prenait un certain plaisir à souiller les lieux. Lorsque je m'en apercevais, sans m'énerver, je lui demandais de nettoyer. Il obtempérait, maladroitement, mais il le faisait.
Un soir où je n'ai pas été assez rapide, c'est-à-dire avant que tu rentres, tu t'en es chargé. À peine franchi le seuil de la maison, tu as foncé aux toilettes pour vérifier que

tout soit impeccable. Ce qui n'était pas du tout le cas. En voyant l'étendue des dégâts, tu es entré dans une colère magistrale. Avant qu'il ait eu le temps de se lever et de réparer ses bêtises, tu l'as attrapé par les cheveux en le traitant de porc et tu lui as mis la tête dans la cuvette, histoire qu'il voie de plus près ce qu'il fallait nettoyer.
Paul avait cinq ans.
Moi, je me suis mise à hurler à mon tour, je t'ai traité de nazi, de salaud, j'avais envie de vomir. De mourir aussi. Je suis devenue hystérique, me griffant le visage, me tapant la tête contre le mur.

Puis j'ai voulu partir, fuir cette maison où tout était permis, où tout était diabolique.
Tu m'as retenue par le bras, fermement. Tu avais peur pour moi, je l'ai vu dans tes yeux. Tu t'étais rendu compte du mal que tu nous avais fait, tu le regrettais mais c'était trop tard, je voulais partir et je me débattais tant que je pouvais.
Mon bras a heurté la porte vitrée de la cuisine qui a éclaté en mille morceaux. Mon coude saignait beaucoup.
Les flics sont revenus. Ils ont vu le sang, ils m'ont vue pleurer, renifler, les yeux hagards. Ils ont vu les enfants affolés. Ils t'ont vu, toi, très calme.
« Oh, c'est rien, Messieurs, juste une dispute de couple, oui elle est nerveuse, ma femme est émotive, elle va se calmer… »
Ils ont noté quelques bricoles et ont fini par partir. Je sanglotais, j'ai pris un Lexomil et suis allée me coucher.

J'avais honte de notre famille malade. Je m'en voulais autant qu'à toi. Je pensais que nous étions maudits, nous et notre descendance.
Peut-être l'étions-nous…
Peut-être nous avait-on jeté un sort…
J'étais si malheureuse. En peu de temps, tout s'était effondré. J'avais perdu espoir. J'avais peur de l'avenir. Ou du non-avenir.

Quelques jours après, tu m'as offert un très beau sac. Le genre de sac qui coûte un rein. Tu m'as toujours beaucoup gâtée.
Une sorte de prime de risque. Je l'acceptais.
Après tout, n'étais-je pas une enfant gâtée ?

Avec le temps

Mon père s'était rendu compte à nouveau que quelque chose n'allait pas chez nous. Bien sûr, je ne lui racontais rien, je ne voulais pas lui rajouter de soucis.
C'était peu de temps après que l'on ait diagnostiqué à ma mère une horrible maladie. La maladie de Parkinson. Mais il connaissait ma voix des mauvais jours. Rien qu'au téléphone, il savait.
« Oh, toi tu t'es disputée avec Jacob !...
– Non, non, Papa, tout va bien. »
Ça l'amusait presque, il n'avait pas pris la mesure du problème. Il m'a même dit qu'il te surnommait Docteur Jakyll... Il me disait : « Ben chez vous, on ne s'ennuie pas ! »
C'est vrai qu'on ne s'ennuyait pas. Toujours une dispute à préparer, des réconciliations à envisager, des retours en arrière, des projets pour l'avenir.
Ça nous faisait oublier le présent.
Par ailleurs, mon père avait peur pour moi. Il avait peur que je me retrouve seule avec trois enfants, il se disait qu'il valait mieux le pire des maris que pas de mari du tout !

Et tout ça, bien que nous ne soyons toujours pas mariés. Tu me disais souvent : « Tu vois, tu es folle, heureusement que je ne t'ai pas épousée ! »
Un petit coup de poignard à chaque fois.

Les enfants pâtissaient de notre couple déjanté et ils étaient souvent malades. Surtout Paul qui avait une santé fragile bien que donnant l'impression du contraire. Un dimanche, il avait une fièvre de cheval, il se tordait de douleur, trempé de sueur, j'étais morte d'inquiétude. Nous attendions SOS Médecins. Paul était sur le canapé, il gémissait, délirait à moitié et, accessoirement, il rouspétait parce qu'il ne voulait pas partager sa chambre avec Rose. Je lui disais que, quand il serait plus grand, il la partagerait avec Oscar, ou mieux, qu'il en aurait une pour lui tout seul.

Toi, tu as voulu détendre l'atmosphère et tu lui as dit que s'il continuait comme ça, il irait dormir à la cave. C'était de l'humour. Paul n'a pas compris. En même temps, ça n'était pas très drôle.
Toujours est-il qu'il s'est vexé et qu'il t'a répondu une grossièreté du genre : « T'es trop con » ou quelque chose comme ça.
Certes, il avait été irrespectueux, mais il avait l'habitude que tu lui parles de la même manière. À cet instant précis où ces mots sont sortis de sa bouche fiévreuse, tu as changé de tête. Tu es devenu blême, puis rouge. Et j'ai

vu la seconde où tu allais le gifler. Pas moyen d'esquiver la claque.
J'assistais à ça et je me souviens du regard qu'il m'a lancé. Il était terrorisé.
Il savait qu'il avait commis une grossière erreur, dont il était fier. Il te défiait. Moi, je tenais Rose contre moi. Je t'ai vu te diriger vers Paul, prêt à le frapper. Le seul réflexe que j'ai eu a été de te tendre la petite, de te la mettre dans les bras. De force. Je me suis dit que ça t'empêcherait de lever la main sur ton fils.
Qu'à cela ne tienne. Tu as levé le pied. Jusqu'à sa tête. Tu avais Rose dans les bras, mais rien ne pouvait te faire dévier de ta trajectoire. Tu lui as donné un coup de pied. J'étais sidérée. Bien sûr, tu ne l'as pas assommé, ni défiguré, mais tout de même, tu as réussi à frapper un enfant alors qu'il était couché, fiévreux, épuisé et sans défense. Paul a hurlé. J'ai cru mourir.
Comment était-ce possible ? Étais-tu possédé ? L'étions-nous tous les deux ?
Tout s'était passé si vite, je n'avais pas pu empêcher quoi que ce soit, je n'avais pas pu prendre sa défense. Je t'ai haï. Je nous ai haïs. Tant de lâcheté. De folie.
Pourquoi ne t'ai-je pas tué ce jour-là ? Je n'en sais rien.
J'aurais voulu que tu sois terrassé par une crise cardiaque.
J'aurais voulu que quelque chose arrive pour qu'enfin j'aie pitié de toi. C'était le chaos, j'étais KO.
Je voulais arrêter tout ça. Je voulais revenir à nos débuts.
Je voulais t'aimer. Encore et toujours. Même dans les pires moments.

Et le pire, c'est que j'y arrivais. Toujours.
J'arrivais à me projeter car je savais qu'à un moment ou à un autre, tu allais redevenir l'homme merveilleux que j'avais connu.
C'était une question de temps.
Et entre nous, le temps ne comptait pas. Ou il comptait mal.

J'ai l'honneur de ne pas te demander ta main

Un jour où nous étions invités avec mes parents chez ma sœur pour l'anniversaire de son fils, tu m'as vraiment surprise. Comme tu aimais ça, les surprises ! Tu déployais des trésors d'inventivité pour me surprendre. Et tu y parvenais très bien. La plupart de tes surprises étaient merveilleuses, parfaitement réglées à l'avance.
Je suis arrivée avant toi chez ma sœur, tu avais trouvé un prétexte pour ne pas venir en même temps et tu nous y as rejoints une bonne heure après.
Quand tu as toqué à la porte et que j'ai ouvert, je ne t'ai pas vu tout de suite. Tu étais caché derrière trois magnifiques bouquets de roses. Un pour ma mère, un pour ma sœur, un pour moi. Le mien était le plus beau.

C'est toi qui portais les fleurs, c'est moi qui fus cueillie ! Devant l'étonnement général, tu as annoncé que nous allions nous marier. J'étais scotchée. Littéralement. Je ne pouvais plus bouger, plus parler. Pétrifiée.
Pourquoi ce jour-là ? Parce que tu l'avais décidé.
Ma famille était ravie, chacun y allait de son petit commentaire, alors tu as ajouté à l'intention de mon père :

« Oui, oui, je vais marier votre fillotte !!! » Et tu as enchaîné : « Mais il faut qu'elle s'occupe de tout, parce que moi, j'ai pas le temps ! »
Je t'ai répondu que j'espérais que tu aurais quand même le temps de venir au mariage... Malheureusement, je ne m'en suis pas occupée assez vite. Tu t'es ravisé. Nous n'en avons plus parlé pendant quelques années.
Tu étais têtu et paradoxalement, tu changeais souvent d'avis, mon amour. À chaque respiration, selon l'inspiration.
Et bien souvent, nous ne récoltions que du vent. Tes paroles, tes promesses, finissaient par m'enrhumer.
Tu changeais de position sur tel ou tel sujet tout à fait arbitrairement.
Quand je te le faisais remarquer, invariablement tu disais : « Et alors ? j'ai changé d'avis, voilà, c'est tout, c'est comme ça. »
Il était impossible de discuter, tu t'emportais, ça dégénérait. Comme avec un enfant capricieux, il fallait deux heures pour te calmer.
Pourquoi n'as-tu pas changé d'avis cette horrible journée du 3 décembre ?

Lorsque tu hurlais, je me liquéfiais. C'était un ouragan qui emportait mes jambes, mon ventre, ma tête. Mes oreilles bourdonnaient, mon cœur s'emballait, je me sentais défaillir, j'étais terrorisée. Mes jambes tremblaient de peur, ma tête de rage.

Bien sûr, je ne laissais rien paraître, j'essayais de crier plus fort que toi, mais toi, tu avais du métier !
Et le plus fou dans tout ça, c'est que j'aurais été incapable de dire de quoi la dispute était partie.
Je perdais toute notion de temps. Comme dans une mauvaise pièce de théâtre, il n'y avait plus d'unité de temps, de lieu et d'action.
Il m'a fallu des années pour comprendre que tout ça n'était pas normal. J'essayais d'en parler de temps à autre, à des amis ou de la famille. Toujours la même réaction. Ils disaient : « Oh, tu sais, Jacob, il est grande gueule mais il t'adore. » C'était vrai. Mais pas seulement.

À cette époque, Rose s'est mise à bégayer. Et à te détester. Autant qu'elle aurait voulu t'aimer. Elle me disait : « Pourquoi tu t'es mariée avec lui ? » Et elle ajoutait qu'elle aurait préféré avoir le papa d'Oscar, que c'était injuste. Je ne savais pas quoi lui répondre si ce n'est que nous n'étions pas mariés.
Comme si ça pouvait nous protéger.
Quant à Paul, il découvrait les joies du pétard. On ne l'a pas vu tout de suite et, quand on s'en est rendu compte, il y était déjà bien accroché.
Moi, je pleurais souvent.
Je me souviens qu'un jour j'ai tellement pleuré que les larmes ont brûlé mes paupières comme une pluie acide. J'étais défigurée. On aurait dit que j'avais deux coquards. Je me suis cachée derrière de grosses lunettes noires

pendant plusieurs jours. Tu étais à toi seul, Tchernobyl, Fukushima, la Gestapo, et que sais-je encore.

Mais tu m'aimais. Tu me le montrais en me gâtant comme une princesse. Tu m'offrais des voyages, des bijoux, de beaux sacs à main, de belles chaussures. Je devais les porter, les montrer à tes parents, aux miens, aux amis. Il fallait montrer que nous étions heureux et amoureux. Je m'en voulais tellement d'accepter tout ça. Je t'aimais, je te trouvais des circonstances atténuantes et je finissais par culpabiliser.
La culpabilité, mon fonds de commerce, et toi, le propriétaire des murs. Je pensais être responsable. Être l'origine du mal.
Une fois, à bout de forces, j'ai appelé ta mère pour lui raconter un peu, lui demander quoi faire. Je pensais que deux femmes qui t'aimaient pourraient trouver une solution. Elle m'a répondu : « Ah bon, mais je ne comprends pas, il n'était pas comme ça avant… »
Avant quoi ? Avant moi ? Je finissais par y croire. Aussi loin que je m'en souvienne, je t'ai toujours connu en colère.

Pourtant, il y avait des gens avec qui tu te maîtrisais, des gens bien. Des gens devant lesquels, il ne fallait pas faire de vagues.
Ceux-là n'imaginaient pas une seconde le démon qui te possédait. Lorsque nous étions avec ces gens, je jouais le jeu, j'étais détendue, je savais qu'il ne nous arriverait

rien, nous avions nos garde-fous. J'étais une princesse aimée, chérie, choyée par son prince charmant, nous étions un couple formidable, une famille recomposée extraordinaire, le monde entier nous admirait !

Peut-être y avait-il une sorte de vernis sur notre couple, quelque chose de brillant qui nous enrobait, comme les pommes d'amour de la Foire du Trône. Elles étaient magnifiques mais, quand on croquait dedans, leur chair était farineuse et écœurante. À la fin, on avait toujours les doigts collants et on regrettait d'en avoir mangé. Quand cette image me venait, je me disais que c'était bien que nous ne soyons pas mariés. Que c'était un honneur que tu n'aies pas demandé ma main.

Mère défaillante

Les années passaient. Difficilement, comme un repas de réveillon trop lourd à digérer, mais elles finissaient par passer quand même.

Oscar travaillait bien, très bien même. Il était brillant, ses professeurs l'adoraient. Il voyait souvent son père, ce qui m'arrangeait. Moins il était en contact avec cette famille malade, mieux c'était.

Nombre de crises ont eu lieu en son absence et j'étais soulagée qu'il en fût ainsi. Je pouvais le préserver, le fait qu'il n'en ait pas été témoin m'arrangeait. Il était le seul à être en contact avec la réalité. S'il n'avait rien vu, c'était un peu comme s'il ne s'était rien passé.

Paul, lui, n'en fichait pas lourd. Il était au collège et s'en sortait chaque année. Il passait dans la classe supérieure assez facilement. Il fumait beaucoup, « dealait » de temps en temps pour payer sa consommation personnelle. Une fois, nous avons dû aller le chercher au commissariat de Saint-Ouen, il n'avait pas trouvé meilleur endroit pour faire affaire mais en affaires, il était bien moins doué que toi et il se faisait coincer à chaque fois.

Étonnamment, tu te mettais peu en colère, à peine contrarié.
Rose commençait à faire des siennes à l'école. Elle se faisait remarquer, ne tenait pas en place. J'étais à nouveau, souvent convoquée par la maîtresse, je t'en parlais, tu faisais mine de ne pas comprendre, d'ailleurs tu ne comprenais pas.
Elle continuait à avoir ses terreurs nocturnes et à être somnambule.
Nous menions une vie de petit-bourgeois. Je m'étais inscrite au cours pour adultes des ateliers des Beaux-Arts, deux fois par semaine, et je m'étais mise à peindre sérieusement. Je m'occupais de la maison, des enfants. Paul apprenait la guitare, Rose, le piano. Je cuisinais beaucoup, faisais des courses gigantesques, le ménage. *A perfect desperate housewife.*

Je changeais continuellement les meubles de place, ça t'agaçait. Et finalement, les journées passaient vite.
Chaque jour j'improvisais, j'aimais ça. Qu'allais-je bien pouvoir faire de cette nouvelle journée ? Pourtant, chaque jour se ressemblait. Non pas que je m'ennuyais, je ne me suis jamais ennuyée. J'aimais que chaque jour ressemble au précédent dans le sens où, dès que tu partais travailler, je me sentais libre. Libre de faire, libre de penser, libre d'espérer. Je me disais : voilà une journée qui commence bien !
Et chaque soir, après que les enfants avaient fait leurs devoirs tant bien que mal, pris leur bain et lorsque le repas

était prêt, juste avant que tu ne rentres, je m'ouvrais une bouteille de vin rouge. J'en buvais un verre accompagné d'un quart de Lexomil. C'était mon apéro à moi. Je me mettais en condition pour pouvoir affronter ton retour. Du premier étage, je t'entendais rentrer dans l'immeuble, je reconnaissais ton pas entre mille et, dès que tu tournais la clé dans la serrure et que tu t'essuyais vigoureusement les pieds sur le paillasson, c'était comme une interro-surprise, je ne savais jamais si j'allais m'en sortir. Allais-je avoir une bonne note ?

Je ne savais jamais si tu allais avoir le sourire en entrant. Si tu allais lancer joyeusement un « Salut les amours ! » ou si tu allais claquer les talons comme un soldat de la Wehrmacht !

Je craignais toujours que tu entres en hurlant, soit parce que les enfants avaient laissé les lumières de leur chambre allumées, soit parce qu'ils étaient déjà passés à table sans s'être correctement lavé les mains et qu'en plus j'avais laissé faire ces ignominies…

Chaque soir apportait son lot de surprises et, en cela, chaque soir ressemblait à son petit frère.

Oui, les années passaient comme ça, avec aussi de bons moments, ce qui les rendait plus légères.

Nous voyagions souvent. Tu as toujours adoré les voyages, les destinations exotiques, les palaces. Moi, je redoutais ces voyages. J'étais excitée à l'idée de partir mais j'avais peur. Comme quand, gamine, je montais dans un wagonnet du train fantôme, je savais qu'à un moment, je serais surprise par un monstre qui s'accrocherait à mes cheveux, je le savais et j'aimais ça. Je redoutais ces voyages, parce que je savais que si tu disjonctais loin de la maison, ce serait difficile, voire impossible de rentrer, de te planter là et de te laisser seul à crier sur les murs. Chose que j'ai toujours rêvé de faire, sans jamais oser.

Je savais qu'il me faudrait faire profil bas, accepter la honte et la peine, sauver les apparences, donner l'illusion d'une famille unie et heureuse.
Parfois, lorsque nous étions dans un bel hôtel, et Dieu sait qu'il y en eut, je jouais la comédie. À la perfection. Je plaisantais avec le personnel, tu riais à mes blagues, tu étais bon public en public.
Mais quand nous rentrions dans la chambre, tu changeais. Moi aussi. J'avais réussi à développer les mêmes mécanismes que toi. Je devenais ton double, mon amour. Bien souvent, tu me reprochais tout et n'importe quoi. Que je t'avais ridiculisé devant le serveur, que je faisais mon intéressante, tu me disais que les gens me trouvaient extra, qu'ils m'appréciaient pour une seule raison, parce qu'ils ne me connaissaient pas. Qu'en vrai, j'étais folle, instable, une fille à problèmes…
Des problèmes, ça oui, j'en avais. Et j'étais fatiguée de les occulter, de faire comme si… même devant les enfants. J'avais poussé le bouchon jusqu'à leur faire croire que tout était normal. J'avais tellement envie que ça le

soit. J'aurais sacrifié n'importe quoi pour ça. Je nous ai sacrifiés. Quelle mère défaillante j'ai été !

L'année où Rose a eu huit ans a été effroyable. Paul avait treize ans, il découvrait les joies du flirt, du skate et des joints.

Oscar, lui, allait fêter ses vingt-et-un ans. Il poursuivait de brillantes études et ma foi, il les rattrapait en beauté !

Et toi, toi, tu hurlais du matin au soir, et même entre les deux. Je me demandais où tu trouvais l'énergie nécessaire. Quel était ton secret ? Comment faisais-tu ?

Je ne t'écoutais pas hurler, je te regardais. Un véritable spectacle de sons et lumières. Ton cou gonflait sous la pression des cordes vocales, tes yeux s'enfonçaient et, à la commissure de tes lèvres, la salive se solidifiait pour former une sorte de pâte grumeleuse. Un animal sauvage.

Je n'entendais plus tes cris, j'étais abasourdie. C'était surnaturel. J'oubliais toujours les motifs des disputes, ce qui te laissait le champ libre pour les répéter. Encore et encore.

L’ombre

Cette fameuse année 2009, nous nous sommes séparés pour la deuxième fois. Je suis partie avec les trois enfants, je n’ai emporté que nos vêtements et quelques affaires personnelles. Les enfants étaient un peu tristes, mais soulagés. Ils espéraient que ce serait la dernière fois. Moi, je ne savais pas ce que j’espérais. À vrai dire, je ne savais plus grand-chose, j’étais perdue. Pour la deuxième fois, je suis partie après une terrible dispute. Pas terrible dans la violence, j’avais connu pire, mais dans la cruauté. L’abjectitude.
Suite à une conversation avec ma cousine qui s’étonnait qu’après avoir eu deux enfants ensemble, nous n’étions toujours pas mariés, je décidais de t’en reparler.
Ça faisait quelques années que je n’avais pas abordé le sujet et, ce jour-là, j’en ai eu envie. Quand tu es rentré ce soir-là, j’ai pris mon courage à deux mains et, mal à l’aise, je t’ai demandé pourquoi tu avais changé d’avis, pourquoi tu ne voulais plus m’épouser et pourquoi depuis ce fameux jour où tu avais annoncé à toute ma famille qu’on allait se marier, tu n’avais plus jamais abordé le sujet.

Je t'ai dit, j'ai osé te dire, que je n'étais pas rassurée quant à notre avenir, que je n'avais aucune sécurité dans notre relation, que je ne figurais sur aucun bien t'appartenant, rien à mon nom ou à nos deux noms. Je n'apparaissais nulle part, sur aucun acte notarié, comme si je n'existais pas. Pas plus que nos enfants. Jusqu'à ce moment, je n'y avais jamais pensé.
C'est ma cousine qui m'a dit que tu pouvais me quitter, rencontrer quelqu'un d'autre, ou pire, qu'il pouvait t'arriver malheur et que je me retrouverais seule avec les enfants, complètement démunie.
Cela m'a fait peur. Voilà pourquoi je t'en ai parlé ce soir-là.

Quand je t'ai posé cette question, tu m'as regardée froidement et que tu m'as dit : « Toi tu as trois enfants, moi j'en ai deux. »
Je n'ai pas compris tout de suite où tu voulais en venir. Devant mon regard interrogateur, tu as répété, en joignant le geste à la parole, en me montrant trois de tes doigts : « Tu en as trois, j'en ai deux. »
Je comprenais que tu savais compter, mais rien de plus. Alors, tu as étoffé ta réponse du tissu le plus laid qui soit : « Il est hors de question que TON fils profite un jour de quoi que ce soit, que mes enfants soient un jour lésés, privés, pour TON fils. C'est bon là, tu as compris ??? »
J'étais sidérée, stupéfaite, écœurée que tu aies osé penser cela d'Oscar, que tu aies pensé à de sordides histoires d'héritage et que tu oses me le dire. Dans tes plans

machiavéliques, tu avais imaginé que si nous étions mariés, qu'il t'arrive malheur, et à moi aussi par la suite, les enfants devraient partager en trois ce qui aurait dû être partagé en deux…

Tu as imaginé que mon Oscar pourrait profiter d'une telle situation, qu'il pourrait presque spolier son frère et sa sœur qu'il aime tant. Tu as imaginé la pire des choses, la plus dégueulasse. Ton esprit m'anéantissait, tes mots et tes pensées aussi.

Bizarrement, tu m'avais dit tout ça sans élever la voix.

Pour la deuxième fois, je t'ai détesté, je t'ai haï. Je ne supportais pas de te haïr, il fallait que je parte.

Mais cette fois, ce fut plus compliqué. Je savais que je ne trouverais pas de travail si facilement, un logement encore moins. Je me sentais misérable, j'avais honte de moi, de nous, du mal que tu nous faisais, du mal que j'acceptais, de ma faiblesse, de ma lâcheté.

Alors j'ai choisi de disparaître. Avec mes armes.

J'ai commencé par ne plus manger certains aliments, puis j'ai sauté des repas, ensuite je me suis mise à vomir le peu que j'ingurgitais.

Je me sentais bien, légère, évanescente. Et je ne ressentais aucune fatigue. Au contraire, j'avais une énergie débordante, je courais dans tous les sens, faisais du ménage frénétiquement. Je changeais les meubles de place tous les deux jours. Au bout de deux mois, j'avais perdu dix kilos.

Des étrangers que je croisais dans la rue, de vagues connaissances ou des voisins, s'inquiétaient pour moi.

Les gens me regardaient comme si j'avais le cancer, ou pire, fuyaient mon regard.

Mais toi tu ne voyais rien. Tu ne disais rien. Et moi, je redoublais d'énergie.
Avec mes trente-huit kilos, je soulevais des montagnes.
Je perdais mes cheveux par poignées, mes joues se creusaient, mais j'étais contente.
Pour une fois que je maîtrisais quelque chose…

J'ai fini par trouver un appartement, d'anciens bureaux que tu louais et dans lesquels tu n'allais plus. J'ai empaqueté et déménagé tout ce que je voulais emporter dans de gros cartons plus lourds que moi. Toute seule. Je suis partie trois mois. Ce fut l'enfer.
Tu sombrais dans l'alcool, tu ne travaillais plus. Tu t'es mis à parler seul en te rongeant les ongles jusqu'au sang.
Moi, je vomissais jusqu'au sang. J'avais des poussées d'aphtes horribles qui me faisaient souffrir le martyre.
Mais tu ne voyais rien. Pas même tes enfants. Tu étais dans ton monde, coupé du monde.
Et moi, je n'arrivais pas à couper les ponts. Après avoir emmené les enfants à l'école le matin, je passais te voir.
Je venais faire le ménage « chez toi ». Je ramassais les cadavres de bouteilles de whisky, je t'aidais à te lever, à te laver.
Il est arrivé que je te donne un bain comme à un enfant.
Ça me déchirait de te voir comme ça. De nous voir

comme ça. Nous touchions le fond, l'un avec l'autre, l'un sans l'autre.
De temps en temps, nous dînions ensemble avec les enfants, mais sans Oscar. Je ne voulais pas qu'il assiste à notre déchéance.
Avec Paul et Rose, c'était pathétique. Tu ne t'adressais jamais à eux. Comme s'ils n'existaient plus. Tu ne les voyais plus.
Un soir, nous sommes allés dîner tous les quatre au restaurant. Moi, je faisais diversion. Je parlais beaucoup. Je faisais semblant de manger. Je mâchais beaucoup et, au moment d'avaler, je recrachais discrètement dans ma serviette ou sous la table.
Tu n'as rien vu non plus.
Les enfants étaient malheureux et mal à l'aise de te voir si misérable. Ils ne savaient pas quelle attitude adopter. Ils essayaient de rentrer en contact avec toi, maladroitement. Ils te parlaient, tu ne leur répondais pas. Trop occupé à te ronger les ongles. À te mutiler. Larmoyant, tu chuchotais, tu économisais tes mots, je n'en revenais pas. Tu ne t'adressais qu'à moi seule. Tu répétais sans cesse la même chose : « Fais quelque chose pour nous. Sauve-nous ! » Comment l'aurais-je pu ?
Nous n'étions plus qu'une ombre. Une ombre pour deux.

Déjà vu !

Au moment où tu allais si mal, tu as quand même fait des choses étranges.
Un jour, tu as appelé mon père, tu voulais le voir, tu voulais qu'il te voie… Qu'il prenne la mesure du problème. Sa fille était folle, elle avait réduit à néant toute une famille, et elle t'avait détruit. Ça a bien marché. Mon père ne connaissant pas les vraies raisons de cette séparation m'a demandé « d'arrêter ça tout de suite ». Tu avais même réussi à le persuader que j'avais un amant ! Tu t'es servi d'un fait exact et vérifiable. J'avais revu un ami très cher, absolument pas mon amant, mais que j'appréciais particulièrement. Oh, bien sûr, en d'autres circonstances, ça aurait pu être le cas et en vérité, j'aurais aimé que ce fût vrai. Mais non. Je l'admirais beaucoup, ne serait-ce que pour son courage à se battre contre son cancer… Et son intelligence. Mais je ne l'aimais pas. Il était mon confident, je lui faisais part de toutes mes misères et de mon chagrin. Je lui racontais tout ce qui se passait entre nous, y compris ton refus de m'épouser. Un jour, il m'a dit : « Écoute, j'ai un petit appartement parisien et un bout de terre en Bretagne, marions-nous,

comme ça, quand je casserai ma pipe, tu ne seras pas à la rue. Ni toi, ni tes enfants. »
Il était sincère. Je le sais. Lui, mon ami, était prêt à tout pour me rassurer. Toi, l'homme que j'aimais, tu me refusais tout. Le père de mes enfants ne me voulait pas comme femme. Tu ne voulais pas de moi ! Et quand je t'ai dit que je voulais partir, tu t'es servi de ça, tu as fait un énorme amalgame. Tu t'es convaincu d'être le cocu de service, et ça, tu l'as dit à mon père. Je me souviens de ses mots alors. Il m'a dit : « Il est cassé, tu as cassé ton jouet !!! »
Toi ? Mon jouet ??? Et moi, j'y ai cru, j'ai cru que tout était de ma faute, j'ai culpabilisé. De toutes mes forces. Mais ça ne m'a pas empêchée de partir quand même…
Au bout de deux mois, je n'avais toujours pas trouvé de travail, et j'avais arrêté de peindre. Je me consacrais aux enfants que j'emmenais et ramenais de l'école tous les jours. Tu n'y allais jamais. Toi, je passais te voir tous les matins, je venais m'enquérir de ton état, tu étais si désœuvré, si malheureux, j'avais peur que tu te suicides et tu entretenais cette peur. Je faisais toutes les courses en double, pour toi, pour moi. Je voulais que tu ne manques de rien. Et le ménage aussi. En double. Je ne voyais pas le temps passer. Toi, si. C'était même la seule chose que tu voyais passer, et ça te rongeait. Ça te terrorisait. Pour la première fois, c'était toi qui avais peur et ça me troublait. Je me disais que si toi tu avais peur, c'était qu'il y avait sûrement un véritable danger.

Le soir, en principe, je rentrais chez moi, on se téléphonait, c'étaient de longues diatribes sur notre couple, des plaintes. Des gémissements et des soupirs.
Officiellement, tu allais de mal en pis, tu étais devenu une loque et j'étais responsable de ce désastre.
Pourtant, tu m'as avoué avoir tenté ta chance avec deux autres femmes… Et j'avoue que ça m'a rassurée. Je me suis dit que pour quelqu'un au bord du suicide, il te restait quand même quelques ressources confinant à l'instinct de survie ! Ou à une envie de vengeance, ce qui est pareil à mon sens.
Nous nous étions « quittés » en avril et, fin juin, je décidai de partir avec les enfants à Bergerac, chez mes parents.
Tu as tenu à nous accompagner à la gare le jour du départ. Tu disais que tu voulais nous voir encore un peu, jusqu'à ce que le train parte. Tu m'as brisé le cœur.
Ton comportement était vraiment bizarre, tu marchais loin devant nous, ou sur le côté, ou derrière. Tu ne nous touchais pas, ne donnais pas la main aux enfants, ni à moi. Pourtant tu voulais être là. Présent.
J'ai eu un mauvais feeling, j'ai cru que tu préparais ta sortie. En vérité, tu la préparais déjà. Je n'étais pas sereine, je me demandais si tu n'allais pas te jeter sous un train. Tu marchais près du bord, tu regardais au loin. Ou tes pieds.

Et pour tout te dire, comme ça faisait plusieurs jours que je ne te sentais pas, j'étais allée consulter un psy et je lui avais expliqué la situation. Tu sais, le psy que tu avais accepté de voir une fois.

Tu te souviens, je t'y avais accompagné, je te tenais la main dans la rue de peur que tu changes d'avis, que tu t'échappes. Je ne voulais pas te lâcher. Et puis, tu avais accepté. Je t'avais attendu dans la salle d'attente, espérant un miracle.
J'y étais retournée, seule, sans te le dire.

Je lui avais fait part de mes craintes, de mes hésitations. Je lui avais dit que j'envisageais de réintégrer le domicile conjugal mais que je n'en étais pas sûre.

Il m'a dit : « Madame, il est probablement très dépressif, on ne peut pas le nier, mais surtout il est malade. C'est un peu rapide pour poser un diagnostic, je ne l'ai vu qu'une fois, mais je peux vous dire que, s'il devait se suicider, il le ferait de toute manière. Ne perdez pas de vue qu'il vous fait aussi du chantage. Ayez conscience que si vous revenez, c'est pour vous. Pas pour lui. Lui, ne changera pas, et surtout, ne changera pas ses plans s'il en a… »
Très clairvoyant, ce psy.

Sur le quai, on s'est embrassés comme de vieux amis, se promettant l'un et l'autre d'être prudents. Tu étais triste, très triste. Mais surtout préoccupé et distant. Ça ne te ressemblait pas. Arrivée à destination, j'ai tout de suite appelé ton beau-frère qui était à Paris. Je lui ai demandé de veiller sur toi. De venir te voir, de t'inviter. Il fallait

te surveiller comme le lait sur le feu. Je lui ai dit que tu n'étais pas toi-même, que tu étais très angoissé et il s'est engagé à venir te voir régulièrement, à t'emmener boire un verre, te changer les idées. Il est venu plusieurs fois, sans succès. Tu ne lui as pas ouvert la porte. Il t'a téléphoné, tu n'as pas répondu. Tu as fait le mort pendant plusieurs jours.
J'ai essayé de te joindre, pensant qu'à moi tu répondrais, mais rien. Aucune réponse. J'étais folle d'inquiétude. À six cents kilomètres de toi.
Tu avais gagné.

Au bout d'une semaine, tu as réapparu, complètement transformé. Surexcité. On aurait dit que tu étais sous substance. À peine croyable.
C'est toi qui m'as téléphoné et qui m'as tenu des propos décousus. Il n'y avait aucune logique. Tu as même été menaçant et c'est là où j'ai commencé à te reconnaître. Malheureusement. J'ai pensé que tu allais mieux, que tu étais sorti de cette mélancolie et ça m'a tranquillisée. Tu voulais nous rejoindre à Bergerac et, en même temps, tu disais que je t'avais humilié aux yeux de tous, que tu étais le dindon de la farce.
En fait, tu voulais que je te supplie de venir, une amorce à ton pardon. Celui que tu m'accorderais peut-être…

C'était fou. Il suffisait que j'accepte d'être coupable. Et j'ai accepté. Encore plus fou.

Au retour, j'ai réintégré le domicile familial, avec les enfants, et me suis remise à peindre. Oscar continuait ses belles études, Paul fumait de plus en plus et Rose ruait dans les brancards à la moindre occasion.
Et toi ? Toi, tu étais plutôt calme. Le calme d'après la tempête. Mais surtout, tu étais absent.
Tu ne t'énervais plus, tu ne criais plus.
Moi, je faisais attention à tout ce que j'aurais pu dire ou faire. Je faisais attention à toi, je devançais tous tes désirs. J'écoutais le moindre de tes soupirs, j'avais mis un stéthoscope sur ton âme. J'avais trop peur que tout change. Deux années sans tourments. Ça avait un goût de « déjà-vu ».

Le rôle de sa vie

Un beau jour, tu as décidé que nous allions nous marier. Cette fois-ci tu étais déterminé. Nous avions dix-huit ans de vie commune, tu aimais à dire que nous avions tout connu : les disputes, les frasques, les scandales et les séparations. Il ne pouvait donc plus rien nous arriver de désastreux. Maintenant que nous avions fait le tour de la question, en notre âme et conscience, nous pouvions décemment nous marier. Et nous trouvions amusant que nos enfants assistent au mariage de leurs parents.

C'était la meilleure manière qui soit de nous réhabiliter à leurs yeux. J'étais d'accord sur le principe, mais ça n'était qu'un principe.

En réalité, je n'en avais plus trop envie, je me sentais libérée de ce besoin de reconnaissance. Je ne t'avais plus parlé de mariage depuis longtemps, j'avais trop peur des conséquences et, finalement, je m'en étais fait une raison. Et puis, on était bien comme ça.

Plus de tensions, plus de promesses non tenues. La liberté.

C'est toi qui as remis ça sur le tapis.

Hormis ma robe et les musiciens, c'est toi qui as tout choisi. Ma robe, elle était sublime. Complètement rétro,

en très fine dentelle de tulle blanc cassé, sobre et près du corps. De style années trente, une époque que nous adorions. Les musiciens ? Un orchestre de rue qui jouait du jazz à Saint-Germain. Des vieux standards américains, Sinatra en grande partie. Le chanteur, un grand noir, beau comme un dieu, avec une voix à tomber.
Quant à la date, le lieu, le traiteur, le photographe et la cérémonie, c'est toi qui as choisi. Après la mairie, nous avions organisé une fête à la maison, j'ai eu droit à cinquante personnes, pas une de plus. C'était compliqué, beaucoup de nos amis avaient des enfants, sans parler de nos sœurs respectives.
Je ne voulais pas me bagarrer, je ne voulais plus. J'ai respecté ton choix.

J'ai vite fait le tri, et me suis même un peu fâchée avec quelques personnes qui ne comprenaient pas pourquoi leurs enfants n'étaient pas invités, mais rien de grave.
Pour ne pas provoquer ton courroux, j'étais prête à tout. De la même façon que tu as décidé de ne pas inviter des gens de ta famille, j'ai fait de même avec la mienne. J'étais un peu déçue mais soulagée de ne pas me battre. Pourtant, il y avait de la place dans notre grand appartement, on pouvait facilement tenir à quatre-vingts.
J'ai fait une mini tentative de corruption, tu as commencé à t'énerver, j'ai abandonné. Tu soutenais que la maison ne pouvait pas contenir plus de cinquante convives et, quand tout le monde a été là, tu as bien vu que c'était faux.

Peu importe, tu étais content comme ça. Et quand tu étais content, je pensais que tu étais heureux. Ça me suffisait. Pas à toi.
De toute manière, je ne me sentais pas belle et finalement pas mécontente que peu de gens me voient ainsi. J'avais eu l'excellente mauvaise idée de me faire couper les cheveux comme un garçon trois mois auparavant... Toi, tu étais très beau dans ton costume gris à fines rayures, aminci, souriant et fier. Le mariage t'allait bien. Les enfants aussi étaient très beaux. Rose était ravissante avec sa robe de princesse couleur champagne et ses cheveux bouclés. Une poupée.
Les garçons, tous deux en costume trois-pièces, avaient une classe folle.
C'était un samedi de décembre, peu de temps avant Noël et Hanoucca. Il faisait un froid glacial et un soleil radieux. Au sortir de la mairie, nous avons fait beaucoup de photos dans le parc Monceau, tout le monde souriait. Certains, trop émus, pleuraient. Enfin, les enfants terribles s'étaient assagis. L'avenir nous appartenait pour de vrai cette fois-ci. Plus personne ne pourrait dire : « Je ne donne pas cher de leur couple », cette phrase que nous avions trop entendue... Les festivités ont duré deux jours et, le lendemain, nous nous sommes retrouvés autour d'un très beau dîner, dans un petit salon du Bristol. Nous étions dix-huit. Les très proches et nos témoins de mariage. Plus la violoniste. Tu étais si fier de ton choix. J'ai souri toute la soirée. Il fallait que je montre que j'étais heureuse. J'étais absente. Heureuse

et absente. Peut-être heureuse de l'être. J'observais nos enfants, nos invités, tout le monde se régalait. Ça me suffisait. Je ne me souviens pas de ce que l'on a mangé.

Je me souviens surtout de Rose qui, en fin de soirée, a fini tous les verres de champagne et, bien sûr, était complètement saoule. Paul, lui, n'avait pas perdu de temps, il avait commencé dès le début... Oscar, comme d'habitude, était sage et dans la réserve. Bien que dubitatif, il semblait heureux. Pour moi. Pour nous.

Quand la soirée s'est terminée et qu'il a fallu rentrer, ça a été folklorique. On aurait dit un film de Kusturica, avec des couleurs pastel.

Rose avait envie de faire pipi. Elle voulait absolument faire sur la place de l'Étoile. Elle ne pouvait plus se retenir. Il était trois heures du matin. À cette heure-là, un dimanche, il n'y a pas grand monde dans la rue, si ce n'est quelques putes n'ayant pas encore trouvé preneur. On a arrêté la voiture, la jolie Mini Cooper blanche, rue de Tilsitt, Rose a fait pipi dans le caniveau comme un petit chien, sous le regard amusé et attendri des petites dames. Ce qui aurait pu être drôle chez d'autres m'a paru pathétique chez nous. J'avoue, j'ai eu honte.

Et je me rendais compte que j'avais trop souvent honte. Petit à petit, sur le chemin du retour, je me suis mise à décortiquer chaque situation qui me faisait honte. C'est devenu obsessionnel, ça ne m'a pas quittée.

J'avais honte de tes cris et de ta grossièreté que les voisins entendaient.

J'avais honte d'arriver en retard quelque part, que tous les regards soient braqués sur nous, du moins c'est l'impression que j'avais.
J'avais honte d'être convoquée à l'école pour parler des problèmes relationnels de Rose avec une jeune institutrice étrangère à tout ça, et pas forcément bienveillante.
J'avais honte d'arborer un énième bijou que tu m'offrais et qu'il était important de montrer.
« Regardez comme mon mari est gentil, comme il me gâte, il me pourrit même… »
« Regardez comme ma femme est belle ! »
J'avais honte de faire semblant, ça se voyait comme le nez au milieu de la figure. J'avais honte de jouer un rôle qui me collait si bien à la peau.
J'avais honte d'être moi, de ne rien faire de ce moi, si ce n'est être avec toi. Être à toi. Petit à petit, je me suis mise à sombrer dans cette honte.
Je m'y enfonçais avec délectation. J'y perdais mon âme, ma raison.

On ira où tu voudras quand tu voudras

Souvent, je pensais : rencontrer l'homme de sa vie puis le perdre, ça doit être horrible.
Mais il reste des souvenirs magnifiques. Ça aide peut-être à poursuivre le chemin toute seule. À quel moment t'ai-je perdu ?
Quels souvenirs me reste-t-il ?
À la première question, je ne saurais répondre. Je t'ai perdu tant de fois. Bien sûr, je te retrouvais souvent. Au bout d'un jour, d'un mois ou d'une année. Peu importait, j'étais patiente.
Des souvenirs, il m'en restait beaucoup. De ceux qui aident à espérer. La plupart étaient en lien avec un voyage.

Le premier, Mexico. J'étais fascinée par cette ville, par le pays tout entier. J'aurais tué pour y aller. Toi, tu n'avais que très moyennement envie de la connaître. Moi, je voulais marcher sur les traces de Frida Kahlo. Je voulais voir sa maison, la Casa Azul. Je t'en parlais souvent. Et puis, tous les musées consacrés, toutes ses œuvres.
À cette époque, elle n'était pas très connue en France, mais moi je savais déjà tout d'elle. J'avais lu tous les livres

la concernant. Il fallait que je m'en approche au plus près, au plus vite. Nous étions en 95 et ça faisait un an que nous vivions ensemble dans le minuscule appartement de la rue Dupetit-Thouars.
Il y avait déjà beaucoup de problèmes entre nous. Le premier étant que j'avais été mariée et que j'avais un enfant, Oscar.
Je ne l'avais pas sorti d'un chapeau. Je ne t'avais pas attendu ! Pour toi, c'était inconcevable, tu m'en voulais et surtout ça te rendait dingue de ne pouvoir y changer quoi que ce soit. Comment aurais-tu pu ?
Le passé ne nous appartenait pas, ni à toi, ni à moi. Oscar, lui, était bien présent et ce petit bonhomme t'empêchait de m'avoir pour toi tout seul. Je le savais et je pensais naïvement qu'avoir un autre enfant avec toi arrangerait les choses. Que ça les rééquilibrerait. Et puis j'avais envie de cet enfant. Je voulais un enfant de toi, je voulais une grande famille. Quoi de plus beau ? De plus épanouissant ? Je voulais revivre la maternité avec toi. Je voulais que tu connaisses cette joie, cette magie. Peut-être que, seulement là, tu me pardonnerais d'avoir commencé sans toi.
Ça n'a pas été simple. Je faisais fausse couche sur fausse couche. Je me suis accrochée. J'en ai fait trois avant Paul. La troisième, juste un mois avant de partir au Mexique. Le médecin m'avait dit de faire attention, de ne pas retomber enceinte tout de suite et, pour m'en dissuader, il avait ajouté que si ça arrivait, je risquais de le perdre encore. J'étais catastrophée. Et triste.

C'est pour me consoler que tu as décidé de m'emmener au Mexique. J'étais aux anges. Lorsque nous sommes arrivés à Mexico, à peine sommes-nous sortis de l'aéroport, j'ai pleuré de joie. Le petit hôtel dans lequel nous étions descendus était adorable. Orange et blanc. Les gens charmants. Du moment que nous n'étions pas des *gringos*, on pouvait tout leur demander. Dans les rues, ça chantait et ça sentait les galettes de maïs et le *mole*. Partout. C'était fabuleux. Le lendemain de notre arrivée, nous sommes allés à Coyoacán visiter la maison de Frida. Peu de monde ce jour-là, nous avions la maison pour nous seuls. Un seul guide, discret, il nous laissait aller et venir à notre guise. J'ai pu toucher son lit, son corset, sa chaise, ses statuettes toltèques, ses objets.
J'ai pu toucher les murs qu'elle avait touchés, marcher là où elle avait marché, respirer l'air qu'elle avait respiré. Je n'en revenais pas. Je réalisais mon rêve. Grâce à toi. Après Mexico et Coyoacán, nous sommes allés voir les pyramides de Teotihuacan, puis Puebla. Quand nous sommes descendus vers Oaxaca, il s'est mis à tomber des pluies diluviennes, nous ne le savions pas encore mais c'était notre premier ouragan.
Par la suite, nous avons vu des choses incroyables.
Tu te souviens mon amour, de cet âne mort sur le bas-côté de la route qui, à cause du vent et de la pluie, décollait littéralement du sol ? La pauvre bête faisait de l'aquaplaning, on aurait dit qu'elle volait. C'était dingue. On avait peur pour la voiture qu'on avait louée. Sur les routes de montagne, pour atteindre Oaxaca, chaque

virage pouvait nous être fatal. Pourtant on ne s'est pas arrêté. Rien n'aurait pu nous arrêter. Quoi qu'il advienne, il nous fallait poursuivre ce voyage de fous.
Les routes étaient inondées, impraticables, des éboulements partout. On a crevé plusieurs fois. On a plié deux amortisseurs. Mais on ne voulait pas abandonner, c'était excitant, on savait qu'on aurait plein de choses à raconter à notre retour.

Après Oaxaca, on est descendus vers le Pacifique, Puerto Ángel et Puerto Escondido. L'ouragan s'était calmé, le ciel était blanc et lourd. Sur la plage de Puerto Ángel, il y avait des milliers de sauterelles mortes. Cela ressemblait à la fin du monde. Mais pas la nôtre. Pour nous, c'était le début. J'étais à nouveau enceinte et je ne le savais pas. Après les plages, on a décidé de traverser le Chiapas pour aller au Guatemala. Là aussi ce fut épique. Les routes du Chiapas étaient pratiquement désertes, les seules âmes que l'on croisait étaient des bandits, des héritiers de Zapata, qui ne rêvaient que d'une chose : des touristes à dépouiller !
On nous avait prévenus, on n'a pas traîné, on ne s'est pas arrêté, jusqu'à la frontière. Tapachula. Le nom nous faisait rire, on disait : « T'as pas de chula du tout mon gars ! »
Tu te rappelles ? Tu t'étais cassé une dent en mangeant une enchilada, il avait fallu trouver un dentiste en urgence. Tout ça, un dimanche soir à la frontière guatémaltèque !

Ah oui, vraiment, t'as pas de chula du tout, mon gars ! On a fini par en trouver un, petite moustache à la Dali et verres fumés, avec tous ses diplômes accrochés au mur vert sale de son cabinet, Du genre hôpital psychiatrique…
Le fou rire nous a pris.

Finalement, on a réussi à passer la frontière, malgré la boue épaisse et le fait que la voiture se soit embourbée… Il fallait en sortir et la pousser mais, au moment où l'on a ouvert les portières pour ce faire, dans la lumière des phares, on a vu deux énormes mygales, ou tarentules. Je ne suis pas experte…
On n'est jamais sortis de la voiture. Ce sont des Guatémaltèques qui nous ont aidés. Et c'est comme ça qu'on est arrivés au Guatemala.
On a commencé par Guatemala City. On s'est fait arrêter par les flics, intrigués par l'état de la voiture et par sa plaque d'immatriculation mexicaine. Ils ont dû nous prendre pour des trafiquants ! Ils nous ont fait sortir de la route et, du coup, perdre un peu le sens de l'orientation. On est descendus de la voiture, ils ont voulu fouiller le coffre et nos bagages. En ouvrant la trousse de toilette, le plus vieux des deux, probablement le chef, a débouché un tube de crème solaire, tout a giclé, il en a fichu partout. En voyant ça, je me suis mise à lui crier dessus : « Non mais il est trop con celui-là ! Ma crème qui coûte un bras ! Quel abruti ! »

Le flic était interloqué par ma réaction, il s'est confondu en excuses et, pour se faire pardonner, nous a escortés pour nous aider à retrouver notre chemin plus facilement.

« *Que te vaya bien !* »
Qu'est-ce qu'on s'est marré ! En France, on se serait retrouvé au poste ! Ensuite, tu as voulu aller à Tikal, voir les pyramides et les singes hurleurs.
On a dormi sur le site et, en effet, on a bien entendu les singes hurler, persuadés qu'il s'agissait de lions et qu'ils étaient juste devant la porte du bungalow que l'on occupait ! On était affolés et hilares.
En fait, on n'a pas fermé l'œil de la nuit. Difficile d'imaginer que ça n'était que des singes.
Le lendemain, après avoir visité les pyramides, nous nous sommes dirigés vers le lac Atitlán. Cette fois, on avait choisi un petit hôtel tenu par un type très louche qui n'arrêtait pas de nous poser des questions. Il se baladait avec un feutre gris et portait un tricot Marcel tout aussi gris, probablement blanc à l'origine. Son pantalon était retenu par des bretelles datant de la guerre, on aurait dit Adolf Eichmann !
À notre tour, on a essayé de connaître son nom. On l'avait demandé à la femme de ménage qui, sans nous répondre, nous avait dit : « Ah, el señor Polaco ? »
Il ne nous en a pas fallu davantage pour s'imaginer que c'était un ancien nazi ! Un nazi polonais !
On a décidé de quitter le Guatemala et de rentrer au Mexique en faisant un petit crochet par Antigua, jolie

ville aux bâtiments coloniaux, mais qui ne nous a pas laissé de souvenirs impérissables.
Il ne nous restait plus qu'une semaine, on devait retourner au Mexique. On a donc traversé le Belize pour y arriver. En vérité, on n'avait pas d'autres alternatives.
Le Belize, un pays incroyable. Un pays fantôme. C'est là-bas qu'on a fait réparer la voiture, les amortisseurs et les pneus.
Une sorte de *no man's land* où le peu de locaux que l'on croisait étaient d'une extraordinaire beauté et d'une violente pauvreté.
Ils nous faisaient peur. Une fois de plus, on n'a pas traîné. Une fois la voiture réparée, on a tracé sans s'arrêter, pas même à un feu rouge, trop peur de se faire trucider pour une valise ou un chapeau !
De là, on a regagné le Mexique par le Yucatán.
Et on a fini notre périple par Tulum. À cette époque, le paradis sur terre. Pas de touristes, pas de *gringos*. La plage de l'été indien, la chanson de Joe Dassin.
On ira où tu voudras, quand tu voudras, et l'on s'aimera encore lorsque l'amour sera mort.

C'est quand nous sommes rentrés en France que j'ai su que j'étais enceinte. Cette fois-ci, il a bien tenu. Malgré le voyage éreintant, nos folles aventures et le fait qu'à l'époque je fumais démesurément, il a tenu. J'étais si heureuse. Je me suis dit que ce serait un enfant solide. Et têtu.

Quand Paul est né, ses deux sourcils se rejoignaient de sorte qu'ils n'en formaient plus qu'un. On aurait dit des ailes.
Hecho in Mexico !
Frida m'a fait un clin d'œil.

Encore et toujours

Je suis retournée à Eymet sans toi. Et à Issigeac.
Tu te souviens, mon amour, la dernière fois que nous y sommes allés ?
On avait décidé de faire la route des Bastides, c'était pendant la Toussaint, il faisait froid et il pleuvait. On ne savait pas trop quoi faire, toi et moi. Au fond, on sentait que notre temps était compté, qu'il fallait l'occuper au mieux, alors on a décidé d'aller se promener, de revoir des endroits que nous avions aimés.
Eymet, le nom nous plaisait et le restaurant péruvien sur la place principale aussi, improbable dans cette petite ville de Dordogne, son architecture nous rappelait vaguement le Mexique et ses *zócalos*.
Issigeac, parce que c'est magnifique et que le nom aussi nous amusait. On rajoutait le *-ob*. On disait : « Ici Jacob ! Allez, donne la patte ! » C'était con, ça nous faisait rire.
Le jour où nous y sommes allés, tu étais absent. Je le savais, je le voyais, et malgré tout j'essayais de t'intéresser, mais rien à faire.

Tu ne marchais pas, tu errais. Rose était avec nous, elle faisait un peu le clown, elle était un peu chiante, tu ne voyais rien.
Je me souviens qu'à un moment, elle s'est arrêtée en soufflant et elle m'a dit qu'elle n'en pouvait plus de te voir comme ça. Tu lui fendais le cœur, elle t'en voulait un petit peu. Elle m'a dit : « Je t'en supplie Maman, jusqu'à quand il va être comme ça ? Comment tu fais pour le supporter ? Je t'en supplie, fais quelque chose ! »
Je lui ai simplement souri. Qu'aurais-je pu faire d'autre ? Un sourire empreint de compassion et, je pense, de douceur.
Tu as vu ce sourire. Le soir, quand nous sommes allés nous coucher, tu m'as fait une belle déclaration. Tu m'as dit que ce sourire ne t'avait pas échappé. Tu m'as dit que tu avais vu mon sourire dans l'après-midi, tu m'as dit que c'était le plus beau des sourires, le plus cher à ton cœur, mais aussi le plus douloureux.
Le plus douloureux parce qu'il ne t'était pas destiné, bien qu'il te concernât.
Tu as ajouté que tu avais entendu ce qu'avait dit Rose et qu'elle avait cent fois raison.
Tu m'as dit que tu ne comprenais pas comment je faisais pour te supporter, que j'étais probablement une sainte. Ce qui m'a fait encore sourire. Moi, une sainte ? Allons, bon… Tout sauf ça.
Certainement pas une sainte.
Je t'ai répondu que je te supportais au premier sens du terme, que j'étais là pour ça. Te soutenir. C'était mon

rôle, mon devoir, mon ambition, ma volonté, mon évidence.
Tu m'as demandé pourquoi.
Mais peut-être parce que je t'aime. Encore. Et toujours. Malgré tout.
Tu n'en croyais pas tes oreilles. Ni ma bouche. Ça m'a fait mal. Pas par orgueil, non, ça m'a fait mal de lire la souffrance sur ton visage.
Tu as dit que c'était impossible que je t'aime encore, tu as dit que je me sacrifiais, encore et toujours, et qu'en cela j'étais une sainte.
Tu as tourné autour du pot pour ne pas prononcer le mot. Ce mot terrible et horrible. PITIÉ.
Mais moi, je l'ai entendu. Tu le hurlais si bien dans la profondeur de ton silence. Il n'y avait plus aucun bruit, tu ne parlais plus mais j'entendais ton cri désespéré. Et j'ai parfaitement entendu ce mot. PITIÉ.
Il m'a griffé le cœur, il a arraché la croûte de la plaie que j'avais eu tant de mal à cautériser et ce qui en est sorti était d'une amertume absolue.
Tu ne voulais plus que je fasse semblant.
Et moi, pour la première fois depuis longtemps, je le souhaitais de toutes mes forces. Ça en valait la peine.
Pour la première fois, je voulais me prendre au jeu.
Je voulais te montrer comme je t'aimais, je voulais que tu en sois ébloui, je voulais y croire. Encore. Et toujours. Malgré tout.

Neuf mois

Ça fait neuf mois que tu es parti. Une gestation.
C'est peut-être pour ça que j'ai fait un drôle de rêve. Pas un cauchemar. Un rêve monstrueux. J'ai rêvé que j'étais enceinte, que j'étais enceinte de toi. Pas de toi comme le père de l'enfant, mais de toi. Tu étais l'enfant que j'attendais. Je te portais. J'allais te mettre au monde. Tu étais devenu mon enfant. Ma chair.
J'avais peur d'accoucher. J'avais peur que l'accouchement se passe mal, que tu sois trop gros, que le médecin ne soit pas là, que ce soit une jeune sage-femme inexpérimentée qui t'extirpe maladroitement de mon corps trop petit.
J'avais peur que tu te présentes mal, peut-être par le siège, qu'elle te tire par le bras, qu'elle t'arrache l'épiphyse et te provoque un plexus brachial.
Mon cœur battait la chamade mais je ne souffrais pas. Aucune contraction, aucune douleur. Finalement, le médecin arrivait et me disait : « N'ayez crainte, Madame, l'accouchement va bien se passer puisqu'il est déjà mort. »
Et le plus horrible, c'est que j'étais soulagée. De quoi ? Je ne sais pas.

Peut-être que tu n'aies pas ce fameux plexus brachial qui t'a pourri la vie jusqu'à la fin.
Que tu n'aies pas besoin de cacher ton bras de peur que l'on te pose des questions ou que l'on se moque de toi.
Que tu n'aies pas à renoncer à tel ou tel sport parce qu'il nécessite simultanément la force des deux bras.
Que tu n'aies pas honte de marcher torse nu sur une plage bondée et de sentir des regards malveillants sur toi. Ou pire, des regards de pitié. Que l'on puisse avoir pitié de toi. Tu étais obsédé par ça. Je peux même affirmer que tu étais conditionné par ça. Tu as mis longtemps à aborder ce sujet avec moi. C'était un tabou. Une douleur honteuse. Tu m'avais raconté l'histoire de ta naissance, et le handicap qui s'en était suivi.
Exactement comme dans mon rêve.

Tu m'avais raconté les quinze années de rééducation, les séances trois fois par semaine avec un kiné méchant que tu détestais. Quinze ans de rééducation pour essayer de récupérer l'usage de ce bras gauche, gauche. Et de cette main aussi.
Ta main était plus petite que l'autre. Et plus fine. Les ongles avaient une forme un peu étrange, comme des becs d'oiseaux, à peine décelable, sauf pour toi.
Pendant ces quinze années, tu t'étais battu comme un lion et tu avais pratiquement gagné. Tu pouvais te servir de ton bras, son atrophie n'était pas flagrante pour la plupart des gens.
Toi, tu ne voyais que ça. Quand tu t'habillais, quand tu

te déshabillais, quand tu te lavais, quand tu te regardais dans un miroir ou une vitrine de magasin.
Ton reflet t'angoissait et te mettait en colère. Ça te rendait triste toi qui étais tellement perfectionniste, cela t'était insupportable. Tu t'en voulais et tu en voulais aux autres d'être témoins de ton désarroi. De ton handicap.
Combien de fois t'ai-je pris la main dans la rue, celle-là même qui était plus petite et fragile que l'autre, pour te montrer que je l'aimais cette main, que je n'en avais pas peur, qu'elle faisait partie de toi, que je ne faisais pas de différence avec l'autre ? …
Comme on ne fait pas de différence entre deux enfants que l'on aime.

Combien de fois ? T'en souviens-tu, mon amour ?
J'aimais cette particularité, cette fragilité qui me touchait parce qu'elle me racontait ton enfance, ta douleur, ta douceur et ta colère.
Elle faisait de toi un être à part qui me paraissait plus sensible et plus intuitif que n'importe qui d'autre.
Parce que je partageais ça avec toi.
Toi, c'était l'inverse. Tu détestais ce partage, cette intimité des sentiments. Tu guettais mon regard lorsque tu sentais que quelqu'un te regardait.

Neuf mois que tu es parti. Aucune réponse à mes questions, mais d'autres questions. As-tu trouvé la sérénité ? Est-ce que tu ris tout seul, parfois ?

Est-ce que tu me vois ? Vois-tu les enfants ? Sais-tu ce que je fais chaque jour ?
Sais-tu que Rose et moi avons réintégré l'appartement que nous avions quitté quand tu l'as quitté, tant il nous était douloureux d'y vivre ?

Neuf mois après ton départ, nous y sommes revenues. J'ai tout vendu dans cet appartement, notre lit en premier. Ce grand lit, *king size bed* comme disent les Anglo-Saxons, ce lit que tu ne quittais plus les derniers temps, ce lit qui t'absorbait comme une feuille de Sopalin géante et qui te volait à la vie, ce lit-là, tu peux me faire confiance, je m'en suis débarrassée très vite !!!
Ensuite, j'ai vendu les canapés et j'ai changé toute la disposition de l'appartement. C'était le dernier endroit où nous t'avions vu, celui où ta chute avait précipité ta fin. C'était le dernier endroit où nous aurions voulu vivre, Rose et moi. Et pourtant. C'est vrai que le temps arrange parfois les choses. Nous y revoilà.
Il a fallu que l'on y revienne, on ne pouvait pas faire autrement. Je n'avais pas les moyens de faire autrement.

Rose et moi étions remplies d'effroi à l'idée d'y croiser ton fantôme. Enfin, surtout Rose. Tu sais qu'elle croit à ces trucs-là. Ça la terrifie, bien qu'elle soit tentée par le spiritisme… Elle m'a dit qu'elle voulait te parler. Pas te voir, juste te parler. Elle veut savoir.
J'avoue que moi aussi, j'aimerais bien…

Alors je te parle en t'écrivant. Tu vois, c'est ça que je fais, comme je l'ai toujours fait. Tu te souviens, mon amour, que je t'écrivais beaucoup ?
Je t'écrivais quand j'allais bien, quand j'allais mal, quand je t'aimais ou quand je te détestais. Je t'écrivais pour les mêmes raisons que l'on fume une cigarette. Pour tout et n'importe quoi. Au début de notre histoire, je t'écrivais des mots d'amour. Des lettres d'adolescente exaltée. En faisant du tri dans les papiers, j'en ai retrouvé une.
C'était une lettre écrite tout en rond, comme les escargots que dessinent les enfants. Je t'écrivais que tu me faisais tourner la tête et, qu'à ton tour, tu allais devoir tourner la lettre dans le sens des aiguilles d'une montre pour pouvoir la déchiffrer.
À ton tour, tu allais devoir te contorsionner pour venir à bout de ma missive et de ma déclaration enflammée…
Ça t'avait beaucoup plu, ça t'avait fait rire. Tu m'avais serrée dans tes bras.

Le gendre idéal

Je ne pourrais pas compter le nombre de fois où ma vie s'est écroulée et où il a fallu faire bonne figure devant les autres.

Un anniversaire, un Noël, un mariage, un dîner prévu depuis des lustres qu'on ne peut pas annuler parce qu'on l'a déjà fait trois fois et qu'on n'a plus de prétexte en boutique, un week-end ou des vacances, toutes ces futilités face au chaos de mon esprit. Toutes ces fois, je nous ai détestés.

À chaque fois, j'aurais voulu fuir. Vers où, je ne sais pas, mon enfance peut-être...

Toi, les premières années de ta vie avaient été douloureuses, moi, ce n'était que du bonheur. Mes souvenirs d'enfance étaient gais et légers. Souvent, je les partageais avec toi, je te choisissais les meilleurs morceaux, comme le sot-l'y-laisse du poulet, mais toi, tu n'en voulais pas. Je ne comprenais pas pourquoi. Et même, tu t'en servais contre moi, tu les noircissais, en disant que j'étais comme si ou comme ça à cause de ceci ou de cela.

Ou alors, c'était l'inverse. Tu disais que j'étais une sale gamine gâtée pourrie, que mes parents m'avaient toujours

emmenée partout avec eux, en vacances ou ailleurs, alors que toi, on te laissait en garde chez une tante.
Que tu avais passé beaucoup de temps seul, dans le petit jardin de Vanves, à parler aux arbres… Qu'on se moquait de toi, qu'on ne te comprenait pas.
Tu disais que j'avais eu une enfance insouciante, et que pour cette raison, je ne comprenais rien à la tienne. Tu disais que la vie était facile pour moi, qu'elle l'avait toujours été, et que ça continuait… Sous-entendu, grâce à toi.
Je te trouvais injuste. Ta mère te vénérait comme un roi, d'ailleurs elle t'appelait « mon roi ». Tu avais une famille aimante, qui faisait de son mieux, mais tu étais si exigeant, mon amour. Tu étais tyrannique. Avec amour, mais tyrannique quand même. Toutes ces jolies choses dont tu as gâché le goût, toute cette aigreur qui te faisait souffrir, me faisait bouillonner l'estomac comme si on y faisait cuire des herbes amères.
Il m'arrivait d'imaginer quelle serait ma vie sans toi et, comme la réponse n'existait pas, j'en crevais. La vie sans toi n'existait pas, avec toi elle était impossible.
Combien de fois me suis-je imaginée sans toi ? Des milliers. À chaque fois, des fourmis rouges dans le ventre. À chaque fois, les jambes flageolantes, la gorge brûlante, les larmes qui montent et qui menacent de faire écrouler mes paupières comme un barrage qui cède face à la puissance de l'eau. Le vertige, le mal de mer, la terreur.
Il arrivait que les enfants ne te supportent plus. En vérité, ça arrivait souvent. Ils me demandaient de trouver

du travail, un vrai travail, pas ma peinture, un travail qui m'aurait rendu ma liberté, et la leur...
Pourtant, la liberté n'était pas dans un quelconque travail. La liberté était dans ma tête et ma tête dans les étoiles. Ça me permettait de tenir bon.
Toi, tu ne supportais pas ça. Je t'échappais et tu détestais ça au plus haut point. Moi, j'aimais te narguer avec « ma liberté ». Je faisais ma peste !
Quand tu me parlais méchamment ou que tu me criais dessus, je faisais exactement comme les enfants qui te regardent en se bouchant les oreilles. Je te narguais en te montrant comme je ne t'écoutais pas. Je regardais ailleurs, par la fenêtre ou au plafond, je m'y projetais, je m'y envolais et je savais que ça te rendait dingue !
Je te montrais que j'avais un monde intérieur dans lequel tu ne pourrais jamais pénétrer.
Je faisais ma peste, te laissant seul avec tes mots blessants, vociférant et écumant de rage. En cela tu avais raison : j'étais une sale gamine !
Parfois, tu me forçais à t'écouter. Tu m'attrapais vigoureusement le bras, tu me secouais en redoublant de colère et tu me lâchais quand tu avais obtenu ta victoire. Tu voulais que je te regarde dans les yeux, que je te réponde, que je t'insulte, que je crie à mon tour, que je pleure. Là, tu avais gagné.
Tu étais malheureux qu'on en soit arrivés là et ta victoire avait un goût amer.
Je le savais et je culpabilisais. Je me disais, c'est ma faute, au fond il a raison. Car tu te servais toujours d'un fait

réel, quelque chose de vérifiable, pour légitimer tes colères. Je n'ai jamais voulu écouter les enfants. Je les entendais seulement et, de ce fait, je croyais les comprendre. Je ne comprenais rien du tout. Tout était si absurde. La seule chose que je savais était qu'eux et moi aimions notre bourreau !

Oh bien sûr, j'avais essayé de te quitter, sans succès. Je revenais. J'étais ridicule. Et j'avais trop peur.

Et si je restais seule jusqu'à la fin des temps ? Et si je tombais malade ?

Et si plus personne ne touchait mon corps ? Et si plus personne ne riait avec moi ? Et si je ne partageais plus rien ? Même pas une toute petite engueulade ?

Quel sens aurait ma vie ? Un fou rire, rien qu'un fou rire… Une surprise…

Parce qu'il y avait eu des moments merveilleux. Sinon, comment aurais-je tenu ? Pourquoi ? Tu m'en as fait des surprises. Et des bonnes. Tu étais le roi de la mise en scène.

Lorsque j'étais chez mes parents, à Bergerac, tu arrivais quelques fois au beau milieu de la nuit alors que tu m'avais dit deux heures avant, au téléphone, que tu ne pourrais pas venir avant une semaine, que tu avais trop de travail !

Et j'étais ravie que tu apparaisses comme ça, comme un magicien. Lorsque nous étions séparés, tu me manquais tellement. Surtout après une dispute… Je ne parlais que de toi !

Vis-à-vis de mes parents, j'étais flattée. Toujours prêt à surprendre sa petite famille, le papa blagueur, le mari charmeur. Le gendre idéal.

Voyages, voyages

Les voyages ont rythmé notre vie. Jusqu'au dernier où tu es parti sans moi.
Les voyages étaient un sujet très important pour toi, et donc pour moi. On ne plaisantait pas avec les voyages.
Tu en parlais souvent, tu te documentais parfaitement sur ce qu'il fallait voir ou ne pas voir, où fallait-il aller. En gros, rien n'était laissé au hasard.
Tu achetais tous les guides possibles et imaginables, du plus bobo au plus *roots*, en passant par le plus sélect. Tu les apprenais presque par cœur, c'était impressionnant. Tu savais quoi visiter, quoi manger, où boire un verre et ce qu'il ne fallait rater sous aucun prétexte.
Tu allais jusqu'à choisir un vol arrivant à destination au beau milieu de la nuit pour arriver tôt le matin et que la première journée compte pleinement dans la somme des souvenirs extraordinaires que nous nous devions de rapporter…
Une fois sur place, c'était la course. Tu m'essoufflais, mon amour.
À peine arrivés dans un endroit magnifique, une destination de rêve, il te fallait envisager quel serait le prochain voyage. Tu ne prenais pas le temps de te détendre, il

fallait faire vite des photos, partout, toi devant l'hôtel, moi à la plage, les enfants à la piscine, puis nous deux au restaurant, puis nous quatre dans la rue, et le musée, et le bateau, et l'église, et les sourires tendres et complices, et les grimaces, et les fous-rires !
J'ai des milliers de photos où nous sommes beaux, bronzés, souriants, hilares.
J'ai des milliers de photos où personne ne peut imaginer un seul instant que tu aies voulu en finir avec tout ce bonheur invasif et éclaboussant.

Il y avait les voyages en famille, avec Paul et Rose, parfois avec Oscar quand il n'était pas avec son père. Il y avait aussi les voyages, rien que toi et moi.

Tu te souviens de Saint-Pétersbourg ? C'était magnifique. Tu avais tout organisé, jusqu'à la venue de mes parents chez nous pour garder les enfants. Tu avais gardé le secret jusqu'à l'aéroport. Je ne savais pas où nous allions.
C'était en octobre, tu m'avais juste dit de prendre des vêtements chauds mais aussi un maillot de bain, histoire de noyer le poisson !
J'ai adoré ce voyage. Quatre jours rien que pour nous. Il faisait froid et brumeux quand nous sommes arrivés sur la perspective Nevski.
À peine avons-nous eu le temps de poser nos bagages à l'hôtel, qu'il nous a fallu courir jusqu'au théâtre Mariinsky, voir un opéra si nul que je ne m'en souviens même pas mais je me souviens que nous avions bien ri…

Le spectacle était dans la salle. Probablement le seul bienfait du communisme : l'accès à la culture et aux arts pour tous ! Vraiment pour tous. Il y avait une faune là-dedans, tout à fait exceptionnelle. Avec des parfums d'un autre monde. La vulgarité des nouveaux riches qui parlent fort, des femmes à l'allure de poupées gonflables, de vieilles poupées gonflables, assises à côté de petits enfants ressemblant à d'anciens moujiks mal fagotés et laissés pour compte qui semblaient avoir été déposés là comme on laisse son chien à l'entrée d'un supermarché. Et tout ce petit monde, presque blasé d'aller à l'opéra, une sortie parmi d'autres…

Les trois jours suivants, nous avons vu tout ce qu'il fallait voir. La résidence d'été du tsar, l'église des marins et même une jolie petite synagogue, juste derrière l'église. Des enfants jouaient dans la cour et nous ont accueillis avec des cris de joie. Ils parlaient en yiddish et étaient vêtus comme des Amish. Ils avaient l'air d'être pauvres, innocents et heureux.

Ce que j'ai le plus aimé, tu le sais, hein ?

Ce tableau à l'Ermitage. Un tout petit tableau de Ludwig Knaus, *Girl in a field*. Ce n'est pas le tableau qui était accroché au mur, c'est moi qui étais accrochée au tableau. Et le tableau volait, et je volais avec lui. J'ai dû voler au moins une demi-heure. Je ne pouvais pas en détacher mon regard. *Girl in a field*. Cette petite fille, c'était moi, mon enfance. Et j'ai pleuré devant tant d'émotion, tant de beauté.

Et bien que le musée soit exceptionnel, tant par la quantité d'œuvres exposées que par la qualité, rien ne m'a plus touchée que ce tout petit tableau. Je ne l'oublierai jamais.

Venise. Je n'oublierai jamais non plus Venise. Nous y sommes allés plusieurs fois et, à chaque fois, nous découvrions d'autres choses. Tu adorais Venise. L'eau t'apaisait, là-bas, tu étais toujours bien. J'ai toujours pensé qu'il y avait quelques sortilèges à Venise.
Une année, tu as décidé de m'y emmener de la plus jolie manière qui soit. Tu as réservé une cabine à bord de l'Orient-Express.
Bien sûr, c'était une surprise et je n'étais pas censée le savoir mais, malencontreusement, j'ai ouvert par erreur un email qui t'était adressé. Cela venait d'une agence de voyages que je connaissais et j'ai cru que c'était pour moi. J'ai découvert la surprise ! Je ne te l'ai jamais dit. J'étais si émue, je ne voulais rien gâcher. Alors j'ai tenté d'oublier ce que j'avais vu et j'ai joué la comédie jusqu'au départ. Ça devait être un rêve, ça devait être fabuleux. Ça l'a été.
Pourtant, une dizaine de jours avant de partir, il y a eu un gros problème.
C'était l'époque où Paul nous en faisait voir de toutes les couleurs. Non seulement il fumait de l'herbe, mais je craignais qu'il en deale aussi. Il sortait tous les soirs, habillé de la même manière : un sweat à capuche, la capuche enfoncée sur la tête et la tête pas très claire.

J'avais peur pour lui, qu'il se mette en danger, qu'il se fasse arrêter ou frapper. C'était devenu mon pire cauchemar. Un soir où il sortait, je t'ai demandé de le suivre. De vite lui emboîter le pas, de savoir ce qu'il faisait, qui il voyait et d'intervenir le cas échéant. Je voulais que tu le protèges, tout simplement. Il était encore mineur, nous en étions responsables. Peut-être même coupables...
Tu n'as pas voulu y aller. Tu m'as dit de te laisser tranquille, que tu t'en fichais et que j'y aille moi-même. Je me suis énervée et je t'ai dit que tu n'assumais pas ton rôle de père, que tu étais un lâche.
Ton sang n'a fait qu'un tour, tu m'as hurlé dessus et les pires insultes sont sorties de ta bouche. C'était monstrueux.
Tu as fini par cracher le morceau et tu m'as dit : « Quand je pense que j'avais réservé l'Orient-Express pour une conne comme toi !!! »
J'étais épatée. J'ai fait semblant de tomber des nues, d'être stupéfaite, autant de ton annonce que de ta colère.

Finalement, tu n'as pas suivi ton fils et nous sommes partis dix jours plus tard comme si rien ne s'était passé.
Le jour du départ, tu as voulu que l'on porte la même tenue que pour notre mariage, ma robe sublime, ton costume grande classe.
Quand on est arrivés sur le quai du train tout le monde nous regardait. Nous étions le couple le plus beau et le plus élégant du voyage. Surtout le plus jeune !

Nous sommes restés quatre jours à Venise. Quatre jours extraordinaires.
Une autre surprise m'attendait là-bas, tu m'as emmenée voir *La Traviata* dans une version que je ne connaissais pas.
À l'intérieur d'un sublime petit *Palazzo*, une mise en scène originale nous permettait d'évoluer avec les artistes. De les approcher. De les toucher.
Violetta s'est épanchée sur moi, j'ai pleuré contre elle.
C'était magique. Je n'oublierai jamais ce voyage.
Du moins, tant que j'ai les photos… Et nous avons pris de magnifiques photos.

Ironie du sort

Je t'envoie mes images, mon décor, mes sourires des jours où je me sens plus forte, mes plus belles histoires, j'écoute les battements de mon cœur, c'est l'ironie du sort…
Il manque quelqu'un près de moi.
C'est Véronique Sanson qui le dit, et moi, je pense comme elle. Elle me bouleverse. Je n'avais jamais écouté les paroles de cette chanson.
Pourquoi maintenant ? Pourquoi ce soir ? J'y vois un signe. Tu sais comme j'aime voir des signes partout, donner du sens aux choses, c'est parfois ridicule, je le sais. Tu te moquais souvent de moi à ce propos, mais là c'est différent.

Aujourd'hui, je suis allée à Jérusalem.
Je suis retournée au mur des Lamentations, sans toi, mon amour. J'ai prié pour toi. Je ne l'avais jamais fait. J'ai prié pour que tu t'envoles au paradis, que tu t'endormes dans le paradis blanc, pour que tu sois bien, pour que tu te sentes léger.
J'ai prié pour ton âme tourmentée. J'ai prié pour que tu me pardonnes, pour que tu te pardonnes. J'ai prié pour que tu nous protèges, les enfants et moi.

J'ai prié pour que tu me donnes la force. J'ai prié si fort, tu n'as pas idée.
Je ne voyais plus personne. J'ai cru que c'était le soleil qui m'aveuglait. Mais non. C'étaient mes prières. Et mes larmes.
J'essaie de vivre et de revivre. J'essaie d'aimer.
J'essaie de te trouver sous les traits d'un autre, autant que sous tes traits j'en trouvais d'autres. Il y avait plusieurs toi. Chacun d'entre eux m'a quittée.
Comprends-moi, mon amour, j'étais dévastée et je le resterai jusqu'à la fin de mes jours. Alors j'essaie d'aimer.
J'essaie de m'en sortir. Tu sais que je ne peux pas me passer d'aimer, tu le sais, hein ?
J'essaie de partager, d'expliquer.
Mais qu'y a-t-il à expliquer ? Comment le pourrais-je ?

On me pose des questions. Il était malade ? Il était dépressif ?
Oui, il était malade. Oui, il était dépressif. Mais ce n'est pas ce que vous croyez, Monsieur, ce n'est pas aussi simple, Madame.
Je pourrais vous raconter une histoire, je pourrais vous raconter notre histoire.
Notre histoire est hors du temps, hors de vos schémas de pensée, loin de tout ce que vous pouvez imaginer.
C'est une histoire belle et douloureuse. C'est une histoire drôle et tragique.
Ça vous en bouche un coin, hein ? …
Pas un jour ne passe sans que j'y pense. Je me la raconte

à moi-même cette histoire. À chaque fois, je change la fin. Mais toi, il n'y a rien à faire, tu restes accroché à cette abomination. Tu as choisi la fin, tu l'as décidée.
Tu n'as écouté personne, pensant que personne ne t'entendait. Tu n'as pas écouté les battements de mon cœur.
C'est l'ironie du sort. Du mauvais sort.

Dix mois, dis-moi

Aujourd'hui, ça fait dix mois. Et tu ne m'as toujours pas dit pourquoi. Ce n'est pas faute d'avoir essayé de savoir. J'ai fouillé partout. Dans les armoires, dans les tiroirs, dans tes vêtements, dans tes chaussures, dans ma mémoire.
Et tu es à jamais dans ma mémoire. Et je ne te trouve pas. Dis-moi pourquoi.

Aujourd'hui, j'ai fait les carreaux à la maison. Ça fait un an que je ne les avais pas faits. En nettoyant à l'extérieur et en passant devant la fenêtre du bureau, j'ai vu ta chaise, ton bordel de paperasserie étalé autour de l'ordi et je t'ai vu toi aussi, assis là, juste en face de moi. Je t'ai fait *coucou.* Tu me regardais sans me voir. Je faisais le clown avec mon chiffon, je m'écrasais le nez contre la vitre, je faisais mine de baisser mon pantalon pour te montrer mes fesses et te faire rire. Tu n'as pas réagi. Alors j'ai passé la tête par l'entrebâillement de la fenêtre et je t'ai refait *coucou.*
Tu t'es frotté le front et tu m'as dit, les yeux embués, que j'étais extraordinaire, que j'arrivais à tout faire. Tu

semblais sidéré, autant par mon exploit que par ta force d'inertie. Tu m'as déchirée. Quel exploit ? Je ne faisais rien d'exceptionnel. Je te l'ai fait remarquer. Tu ne voyais rien. Alors j'ai enjambé la fenêtre, j'ai sauté à tes pieds et je t'ai embrassé sur le front. Fort. Très fort.
Je t'ai serré contre moi, tu t'es laissé faire, tu n'as pas bougé. Je t'ai serré plus fort encore et je t'ai assuré que nous allions nous en sortir.
Tu m'as regardée les yeux vides. Tes pupilles, un immense tunnel sans fin. Tu as voulu me dire quelque chose. Aucun son n'est sorti de ta bouche entrouverte.
Je t'ai demandé s'il y avait quelque chose de nouveau au boulot, si tu avais eu untel ou untel au téléphone, histoire de te faire parler.
Tu m'as juste répondu « non ». Par politesse. Non, il n'y avait rien de nouveau pour toi sur terre. Tu étais là comme une minuscule chandelle en train de s'éteindre, tu m'as paru si petit, tu mourais, mon amour, et je ne voulais pas le voir. Je ne voulais pas y croire. Je me suis dit : alors c'est ça la dépression ? Je m'en suis convaincue. Parce que ça m'arrangeait. Parce qu'imaginer que ton état puisse être dû à une quelconque maladie ne me plaisait pas. Du tout.
Parce que tu avais accepté d'aller voir un psy, puis deux, puis trois, et qu'aucun d'entre eux n'avait parlé d'autre chose. Le mot « dépression » revenait sans cesse. Parfois « mélancolie ». Je trouvais ça beau la mélancolie, un joli nom. Et ça faisait si longtemps que tu n'avais pas piqué de colère, ça ne pouvait être que ça.

Les trois psys t'avaient prescrit des anxiolytiques et des antidépresseurs. Pendant trois mois.

Trois mois pendant lesquels tu passais ton temps sur l'ordi. Tu naviguais sur des sites de pathologies psychiatriques. Tu cherchais. Je ne sais pas ce que tu cherchais au juste, mais tu trouvais. Et en général, tu effaçais l'historique après. Je ne sais pas ce que tu as vu ou lu.
Ce jour où j'ai fait les carreaux, tu ne m'as pas parlé de la journée mais le soir tu m'as demandé si je savais ce qu'était le « morcellement psychique ».
Devant mon étonnement, tu as répété la question et tu as insisté. Je t'ai demandé où tu avais pêché ça. Tu m'as répondu par une autre question.
Tu m'as dit : « Mais enfin, ne me dis pas que tu ignores que je suis bipolaire ?! »
Et je t'ai dit que oui, je l'ignorais. Non seulement je l'ignorais mais je n'y croyais pas. C'était faux, mon amour.
Bien sûr que je te savais malade. Sans qu'aucun diagnostic n'ait jamais été posé. Je le sentais. Pendant des années, j'ai pensé que tu avais un odieux caractère, ou que tu étais sensible à la pleine lune, ou qu'on nous avait jeté un sort, une sorte de malédiction pesant sur l'équilibre familial.
Pendant des années, j'ai imploré, supplié et prié tous les dieux, partout, dans les églises, synagogues et autres lieux saints, mais rien. Personne.

Alors j'ai pensé que c'était de ma faute. Que j'étais trop rebelle. Trop provocatrice. Et toi, dans tes derniers moments, tu m'as affirmé tout le contraire.
Que tout était de ta faute. Que tu étais malade. Que tu étais UN malade. Peut-être. Sûrement. Alors quoi ? Puisque tu savais mieux que personne ce que tu avais, pourquoi ne pas avoir essayé de te soigner ? Hein, Monsieur Je-sais-tout ?
Dis-moi pourquoi. Dis-moi.

Putain de bonne nouvelle

Avant-hier, je suis allée au cinéma, voir *Joker*.
Tu sais, c'est le film avec Joaquin Phoenix. J'en suis restée sur le cul. Je ne sais pas pourquoi, il m'a fait penser à toi.
Peut-être parce que tout me fait penser à toi.
Peut-être parce que cet homme blessé et monstrueux est un peu toi. S'il n'avait pas été cet homme-là, il n'aurait été personne. Comme toi, mon amour. Tu aurais pu être personne, jusqu'à te demander si tu existes vraiment, si tu n'existes pas que dans ta tête. Et dans la mienne. J'en suis arrivée à me demander si tu as vraiment existé.
Si toute notre histoire n'était pas qu'un rêve inachevé.
Étais-tu un super héros ? Étais-tu un homme ordinaire ?

Les derniers temps, tu me disais que tu étais vide. Mais vide de quoi ? Vide de toi ? Vide de nous ?
Étais-tu un costume de Superman sans rien dedans ?
Tu disais que tu ne serais plus jamais comme avant, que tu ne pourrais plus jamais être celui que j'avais connu, que celui que j'avais connu n'existait plus. Que tu n'existais plus, comme s'il s'agissait de deux personnes différentes. Tu disais que tu n'éprouvais plus aucune émotion.

Que tu essayais de puiser dans les miennes pour t'en nourrir. Que tu ne ressentais plus rien. Ça te minait. Et puis, tu ne supportais plus de voir de la violence, que ce soit celle d'une série télé, des infos, ou n'importe quelle violence ordinaire, tu quittais la pièce quand il y avait des images choquantes ou des cris.
Peut-être la seule chose qui aurait pu te bousculer. Comme si cela te rappelait nos pires moments, comme si tu avais peur de replonger, parce qu'à ce moment-là, tu craignais que je te déteste.
Mais là, dans l'état où tu étais, je n'aurais jamais pu te détester. Au contraire, je te trouvais d'une incroyable lucidité, d'un courage absolu.
À mesure que tu te perdais, je te trouvais.
J'avais enfin trouvé l'homme blessé que je voulais soigner. Plus de faux-semblants, plus de masque, plus de vernis.

Tu étais un homme sincère et courageux, d'aucuns diraient « un *mensch* », tu te laissais enfin aimer tel que tu étais, et j'aimais ça. J'étais prête, moi. Prête à te donner tout l'amour nécessaire à ton rétablissement.
J'étais prête à te donner de l'amour en perfusion, à profusion.

Tu sais que je suis faite pour aimer, c'est ce que je fais le mieux. C'est même la seule chose que je sache faire, comme ça, d'instinct, sans réfléchir.

Mais tu n'as rien voulu savoir. Tu étais déjà dans ton tunnel, ton couloir étroit, sombre et tortueux. Je t'offrais un boulevard, tu as choisi l'impasse.

Avant-hier, Oscar m'a téléphoné de New York. Je sortais du cinéma, il y avait du monde dans la rue, beaucoup de bruit. On s'entendait mal, je l'écoutais peu.
Je lui ai parlé de ce film génial, de la prestation de Joaquin Phoenix, Je parlais sans m'arrêter, j'étais exaltée par ce que je venais de voir. Bouleversée aussi.
Lui, m'a écoutée attentivement. Je sentais qu'il avait quelque chose d'important à me dire mais il n'en a rien fait. Il m'a juste dit qu'il voulait me raconter quelque chose et qu'il préférait attendre que je sois seule et au calme pour m'en parler. Il a ajouté qu'il m'en parlerait le lendemain. Je n'ai pas insisté, j'ai attendu patiemment qu'il me rappelle, ce qu'il a fait hier. Hier, Oscar m'a annoncé que j'allais être grand-mère !
Et tu n'étais pas là pour partager cet immense bonheur !
J'ai hurlé quand il m'a dit ça. Paul était à côté de moi, il a hurlé aussi. On a pleuré de joie. Rose, qui était en cours, m'a appelée par la suite. Oscar venait de lui annoncer la nouvelle, elle aussi était dans tous ses états.
On était comme des fous, on sautait, on riait, on pleurait. Et tu n'étais pas là pour le voir.
Et je me suis dit que c'était le début d'une série de bonheurs auxquels tu ne participerais pas. Et je t'en ai voulu.
Pourtant c'est une bonne nouvelle. Une putain de bonne nouvelle.

Tout finit par passer

Samedi 2 novembre.
Aujourd'hui, je ne vais pas bien du tout, mon amour.
Il y a des jours où c'est horriblement difficile. Des jours où je ne retrouve plus la maison, où je perds la raison.
Des jours où je marche dans la rue, perdue, je te cherche, j'ai l'air d'une folle. Je me sais hagarde et mes cheveux sont ébouriffés, mais ça m'est égal.
Je veux te parler, je veux t'écouter, encore une fois, une toute petite fois.
Ton absence me pèse, je me sens si seule. Seule quand je suis seule, seule avec les autres. Aujourd'hui, les rues de Paris sont vides, il pleut et le ciel est sale. Je m'en fiche un peu. Il pourrait y avoir un soleil radieux… Plus rien ne brille. Et pourtant.
Ce matin, j'ai acheté cinq tapis magnifiques. Un Persan et quatre Ouzbeks. En les choisissant, j'ai pensé à toi. À qui d'autre, hein ?… Aurais-tu aimé ?
Tu sais, ils sont magnifiques. D'une belle qualité. Doux et épais. Ils réchauffent tout ici. Même mon cœur. Je les regarde, je les admire et je les aime.

Le monsieur qui me les a vendus a bien vu que je n'étais pas très en forme. Il m'a invitée à déjeuner et a veillé à ce que je mange bien. Il ne m'a pas connue avant mais il a deviné que j'avais beaucoup maigri. Oui, je sais, tu n'aimes pas ça. Ce n'est pas de ma faute, je n'arrive pas à manger correctement. Et puis, tu sais, toujours ces petits restes d'anorexie…

Je lui ai raconté un peu notre histoire. Un peu. Comment pourrais-je la raconter entièrement ? En écrivant un livre peut-être…

On a parlé de *Belle du seigneur*. Tu te souviens comme nous avions aimé ce roman ? En vrai, ce roman est horrible. C'est un peu nous, non ?

Le monsieur a dit que j'étais lumineuse et belle et intelligente et que j'allais m'en sortir. Pourvu qu'il ait raison. Il dit que je t'ai aimé follement, que ça se voit, et que ça doit être bon d'être aimé comme ça. Il dit que c'est terrible ce que j'ai vécu. Que c'est beau aussi.

Tu sais que sans toi je suis seule. Tu le sais, maintenant ? Avec n'importe qui d'autre que toi je suis seule.

Pourquoi m'avoir quittée comme ça ?

Oui je sais, tu as mis fin à tes souffrances. C'est ce que tout le monde dit. Et les miennes, tu y as pensé ? Elles me harcèlent. Tu m'avais dit que je ne pleurerais plus jamais, c'est faux, tu as menti, je n'arrête pas.

Ce soir, je sens que je glisse. Et j'essaie de me rattraper.

Je ne veux pas sombrer. Je n'en ai pas le droit.

Alors j'ai gueulé à la fenêtre. J'ai hurlé comme une folle.

J'ai gueulé comme une louve dont le petit aurait été tué par un braconnier. Il n'en avait pas le droit et pourtant il l'a fait.
Il a vu que le louveteau était fragile, qu'il était voué à mourir prématurément. Il a vu qu'il serait la risée de ses frères, il a vu qu'il y avait un problème. Un big problème. Il a vu qu'il ne devait pas vivre. Il s'est octroyé le droit d'abréger ses potentielles souffrances, il a tiré.
Tu t'es tiré. Tu as pris la tangente.

J'ai un peu bu ce soir. J'ai envie de vomir mais je me retiens. Je repense à toutes ces soirées où j'ai trop bu. Pour ne pas voir. Moi aussi, j'ai fui. Ne crois pas que je sois si courageuse. Moi aussi, je fanfaronne. Comme toi, mon amour.
Je savais qu'il y avait quelque chose d'anormal. Je ne voulais pas le voir, pas plus que je ne voulais que tu saches que je le savais. Je m'échappais.
Je t'échappais. Tu m'en voulais. Je montais dans la chambre de service, sept mètres carrés, rien que pour moi et je peignais jusqu'à pas d'heure. Tu n'aimais pas trop ça mais pour le coup, tu ne disais rien, tu étais content que je peigne.
Depuis quelques jours, je m'y suis remise. Trois tableaux en trois jours. Ils ne sont pas extraordinaires mais je pense que tu les aurais aimés. Comme tout ce que je fais. Tu as toujours aimé ce que je faisais. Tu étais admiratif. Et quand tu n'étais pas « en crise », tu étais si fier de moi.

Et moi j'étais fière que tu sois fier. Je me disais que tu devais avoir raison. Que ces tableaux devaient être de bons tableaux. Comment aurait-il pu en être autrement ? Tu avais un goût si sûr. Sur l'art, tu ne changeais pas d'avis, quand tu aimais, tu aimais. J'ai montré quelques-uns de mes tableaux au monsieur qui m'a vendu les tapis, il a beaucoup aimé. Il tient une boutique dans le Marais et m'a proposé d'y organiser une exposition. D'enlever tous ces tapis et d'accrocher mes tableaux. C'est adorable. Je ne sais pas encore si je vais accepter.
Tu aurais été comblé.
Le monsieur dit aussi que je vais aller mieux. Il en est sûr. Pourvu qu'il ait raison.
Il dit que le temps va œuvrer pour moi. Pour les enfants. Ils sont durs, tu sais. En ce moment, ils ne m'épargnent rien. Paul a une consommation d'herbe impressionnante et Rose est sur les nerfs du matin au soir. Elle fume comme un pompier et jure comme un charretier.
Je suis fatiguée.
J'ai des envies de noir. Je lutte. C'est épuisant.
Le monsieur a vu tout ça. Il a été extrêmement bienveillant. Il m'a dit de ne pas m'inquiéter, que tout finit par passer.

Hit the road Jack

Depuis que je suis seule, j'écoute beaucoup plus de musique qu'avant. Je te cherche.
Je me rappelle les voyages en voiture, les longs trajets pendant lesquels tu mettais la musique à fond.
Curtis Mayfield, The Clash, Bowie, Arrested Development, Maceo Parker… Tu disais : « Écoute… Le roi des cuivres ! »
Difficile d'écouter, on ne s'entendait plus dans le petit habitacle de la Mini.

Je me demande ce que tu écoutais pendant ton dernier trajet. As-tu mis la musique à fond ?
Ma psy dit que tu écoutais peut-être mes derniers messages… peut-être ceux des enfants… Tu te souviens, mon amour ?
Je te disais : « Baisse, mais baisse, arrête ce bruit.
– C'est pas du bruit, c'est de la musique !!! »
La musique, le GPS, ta voix qui couvrait parfois le tout, tout ce bruit assommant me manque tellement…
Alors j'installe mon chevalet, ma toile, mes pinceaux, je me branche sur YouTube et je laisse défiler. Je ne choisis

pas, je ne fais pas le tri, je me laisse souvent porter par un album, j'écoute, d'une façon instinctive, presque animale, comme on écouterait le chant du coq pour savoir qu'il est cinq heures.
Je fais exactement comme lorsque nous étions en voiture. Je subis et j'y trouve du plaisir. Je t'attends au tournant.
Hier, j'ai commencé par Tracy Chapman, *Give me one reason*, puis Barbara, *Ma plus belle histoire d'amour*, puis Gainsbourg, *Je suis venu te dire que je m'en vais*, puis Les Rita Mitsouko, puis Ray Charles, *Hit the road Jack*, Et enfin Brel, *Les vieux amants*.
Oui, il nous a fallu bien du temps pour être vieux sans être adultes. Et oui, les histoires d'amour finissent mal, en général.

Notre vie c'était toutes ces chansons.
Combien de fois suis-je venue te dire que je m'en vais ?
Combien de fois t'ai-je demandé de quitter la route, Jacob ?
Combien de fois me suis-je demandé s'il y avait une seule bonne raison de rester ? Combien de fois ai-je pensé que nous allions devenir de vieux amants ?
Combien de fois ? Comment as-tu pu oublier ça ?
J'ai envie de rugir, je crève de ne pouvoir le faire. À quoi bon risquer l'internement ?
J'ai en moi ce cri qui résonne et qui fait écho au noir qui t'enveloppe, celui-là même qui t'a accompagné quand tu as fait le saut de l'ange.

Je le sais, il n'y avait aucun bruit autour de toi quand tu as franchi le parapet. Tu n'entendais déjà plus rien.
Tu ne m'as pas entendue quand je t'ai hurlé de ne pas le faire. Tu étais déjà la poussière, tu étais le vent.

Tu sais, j'ai fait deux portraits entre avant-hier et aujourd'hui. Barbara et Reggiani. Eux aussi, c'est un peu toi et moi.
Et puis je suis sortie acheter des fruits en haut de la rue Lamarck.
En passant devant Le Refuge, Je n'ai pas pu m'empêcher de te chercher. Encore. Toujours. Il faisait déjà nuit, le café était très éclairé et on distinguait parfaitement toutes les personnes à l'intérieur. J'ai bien dévisagé tout le monde.
Et j'ai bien cru que tu jouais à cache-cache, que j'allais finir par te voir. Pas t'entendre. Juste te voir.
Il me semble que tu y étais et que c'est toi qui m'as vue. J'ai senti ton regard.
Exactement comme le jour où j'étais chez le coiffeur de la rue Cadet, et que tu t'étais caché derrière un poteau pour m'observer.
Une cliente est entrée dans la boutique et a dit à la coiffeuse : « Il y a un drôle de type dehors. Ça fait au moins dix minutes qu'il est là, planté, à regarder ce qui se passe ici. Les gens sont vraiment bizarres ! »
Et moi, j'ai su que c'était toi. J'ai compris que tu ne voulais pas en perdre une miette. Et j'ai dit à la dame : « Oh mais c'est pas grave, je sais qui c'est, c'est mon mari. »
Et je me suis esclaffée.

Toi, tu as juste souri et tu es rentré dans la boutique en me disant que j'étais belle. La coiffeuse m'a dit à l'oreille que nous étions un couple super, que l'on voyait à quel point nous étions complices et ça l'a touchée.
Dis-moi comment ne pas devenir folle. Dis-moi que je ne le suis pas.

Alors j'écoute Brel et Reggiani et je pleure. En même temps, que faire d'autre avec eux ? J'essaie de chanter avec eux, je connais les paroles par cœur mais je n'y arrive pas. Ma voix devient aigrelette. J'ai froid, je tremble. Seules mes larmes brûlent.
Je t'en veux.
Hit the road Jack !

Pénélope

En écrivant notre histoire, j'ai eu l'impression de tricoter une belle étole en mohair.
J'ai choisi la plus belle laine, les meilleures aiguilles, la plus jolie couleur, celle de la robe de Peau d'Âne, couleur du temps.
Je m'y suis mise et, au fur et à mesure de ma progression, je me suis rendu compte que les points n'étaient pas réguliers, j'ai eu peur de ne pas avoir assez de laine, de ne pas avoir assez de temps, de manquer de mémoire, de couleurs…
Toujours, cette peur de manquer. De tout, de toi.

Tu avais juré devant Dieu que tu ne me laisserais pas.
Et lorsque j'avais cette angoisse du manque, de l'abandon, je m'accrochais à cette promesse. Je me disais, non, c'est impossible, même s'il va mal, même si on va mal, rien ni personne ne peut nous séparer. Parce qu'en réalité, tu ne le sais pas, mais j'ai toujours eu cette crainte.

Tu n'étais pas fiable mon amour.

J'ai toujours senti, sans savoir quoi, que quelque chose de terrible pouvait arriver. Que quelque chose de terrible allait arriver. Une chose que l'on ne pourrait pas maîtriser.

Il y a longtemps de ça, quand tu as sérieusement commencé à changer de comportement, que tes crises se faisaient beaucoup plus fréquentes, je suis allée voir un médium.
Bien sûr, je voulais qu'il me parle de toi, mais je n'osais pas lui poser franchement des questions. Peut-être avais-je peur des réponses.
Alors j'ai essayé de faire diversion, de parler des enfants, de mes parents, de ma peinture. Je lui ai demandé s'il pensait qu'un jour je pourrais vivre de mon art. Il n'était pas très optimiste, en tout cas je devais être patiente.
À la fin de la séance, en me scrutant, il m'a demandé si j'avais autre chose à lui demander, alors je lui ai parlé de toi. Il a voulu voir une photo.
Quand je la lui ai tendue, il a eu un mouvement de recul, comme s'il avait vu le diable.
Il m'a dit : « Oh la la, cet homme a une grande violence en lui, je vois la police à ses côtés ! Est-il violent ? A-t-il des problèmes avec la justice ? »

Non, tu n'avais pas de problèmes avec la justice, seulement avec l'injustice… Et la police a bien été à tes côtés. Et tu as été extrêmement violent, avec toi-même !
Il ne s'était pas trompé.

Ça m'est longtemps resté dans la tête. Je redoutais le moment où la police ferait irruption dans notre vie.
Elle représentait un danger que je n'arrivais pas à cerner, quelque chose qui t'emporterait loin de moi.
Je ne m'étais pas trompée non plus.
Depuis ce jour où les flics sont venus, je détricote notre histoire. Je refais chaque point, une maille à l'endroit, une maille à l'envers. J'attends ton retour.
Je ne finirai peut-être jamais cet ouvrage.
Tant que je n'aurai pas de réponse. Tant que tu seras mort.

Coup de poing

Certaines personnes traversent ta vie comme elles traversent la rue. Tranquillement, sans appréhension, dans les clous.
D'autres la traversent comme un coup de poing dans une vitre. C'est violent, rapide, ça fait peur, ça fait mal, tu n'as pas le temps de dire « ouf ».
Tu as traversé la vie comme ça. Ta vie, la mienne.
Un coup de poing que je n'ai pas compris, qui, sous l'effet de surprise, n'appelle pas de réponse, un coup de poing auquel je n'aurais jamais pu répondre. Je me serais loupée. J'aurais raté mon coup. Comme on rate un train. J'aurais pu me dire que je prendrais le prochain. Mais si celui d'après était le même ?
Non. Je suis restée sur le quai. Tu m'y as laissée. Longtemps, trop longtemps. Je n'ai pas bougé. J'ai attendu.
Des images me reviennent. J'ai attendu et j'ai vu partir les uns, revenir les autres. Je les ai vus s'embrasser, pleurer en se quittant. Je les ai vus se jurer fidélité. Je les ai vus s'échanger leur numéro de téléphone. Je les ai vus s'éloigner et s'oublier. J'ai vu les enfants de divorcés s'agripper

à celui qui partait. J'ai vu des vieilles dames grotesques de solitude, porter leur valise toute seule et crouler sous le poids de leurs souvenirs.
J'ai vu toute cette détresse, cette fureur. J'ai eu peur, je n'ai pas bougé.
J'ai vu ce que serait ma vie sans toi. Et je me suis juré de ne jamais vivre ça. Et j'étais prête à tout pour éviter ce drame.

À l'automne 2016, notre petite chienne Purdey est morte.
Elle avait presque dix-sept ans, était très mal en point mais on avait réussi à la maintenir jusque-là. La veille de sa mort, je savais, je te l'ai dit. Je voulais te prévenir autant que te préserver. Je t'ai dit : « Elle ne tiendra pas plus de deux jours, grand maximum. » Tu ne recevais pas l'info. Tu étais devenu sourd et aveugle.
Je la regardais, elle tournait sur elle-même, se collait la tête contre le mur, comme si elle avait voulu le faire reculer. C'était affreux et je t'ai dit qu'elle ne tiendrait pas le coup. Que c'était la fin. Tu ne me croyais pas, tu ne voulais pas. Tu m'as demandé s'il y avait quelque chose à faire.

Je t'ai dit oui. L'embrasser.
Durant la nuit, elle a dû tourner huit cents fois sur elle-même. Je n'en pouvais plus, j'étais triste et épuisée, je me suis endormie. Pas toi. Tu l'as veillée toute la nuit.

Tu étais fasciné et terrorisé. Au petit matin, j'ai appelé le véto qui m'a dit de la lui amener tout de suite.
Il a ajouté : « Cette fois, il faut prendre une décision. »
Toi et moi savions ce que cela signifiait. On s'est regardé sans rien dire.
J'ai pris Purdey, je l'ai enveloppée dans une petite couverture et nous y sommes allés.
Sur le chemin, elle m'a regardée avec ses petites billes noires, un regard humain, rempli d'amour. Je crois même qu'elle m'a souri. Puis elle s'est mise à faire un drôle de bruit, par la suite, j'ai su que c'était un râle.
Quand nous sommes arrivés chez le véto, il n'y avait bien sûr plus rien à faire. J'ai déposé Purdey sur la table et on est rentrés à la maison comme deux cons inutiles.
Tu es allé dans la cuisine et là, en ramassant sa gamelle où la nourriture avait séché, tu as éclaté en sanglots. Tu pleurais plus que moi. C'était une page qui se tournait et toi tu voulais garder le livre ouvert. Pour toujours.
Je crois que c'était la première fois que tu accompagnais quelqu'un au bout du voyage et peu importait que ce fût un chien. Je crois que c'était la première fois où tu as dû te soumettre à une telle frustration.
Quoi de plus frustrant que la mort ? On a pleuré toute la semaine.
Au bout de dix jours, tu m'as dit : « La maison est trop triste, on va en prendre un autre. » Et c'est ce qu'on a fait un mois après.
Cette fois-ci, c'est toi qui as choisi. Un petit Yorkshire tout noir.

Quand j'ai appelé Oscar à New York pour le lui annoncer, il y a eu un blanc dans le téléphone. Il m'a dit : « Mais Maman, un Yorkshire ?... Tu ne trouves pas que ça fait un peu mémère, un peu pupute ?... » Ce à quoi je lui ai répondu que sa mère était peut-être une vieille pute...

En vrai, je n'aimais pas trop cette race de chiens, j'aurais préféré un gros chien mais tu l'avais choisie et tu étais si heureux de me l'offrir... J'ai fini par l'aimer.

Aujourd'hui, quand je la regarde, c'est plus fort que moi, je pense à l'autre petite chienne, celle d'avant, je pense à notre vie d'avant et à la vitesse à laquelle elle est passée. Un coup de poing dans une vitre.

Uppercut

L'année 2016 a marqué un tournant dans notre existence. Elle a emporté une partie de notre insouciance.
Le 16 décembre au matin, ton téléphone a sonné. C'était mon père. Il était en larmes. Il a simplement dit : « La maison a brûlé. Il n'y a plus de maison. »
Tu étais sous le choc, tu lui as demandé comment et quoi et, sans vraiment attendre une réponse, tu m'as passé le combiné.
Mon père m'a dit : « Il y a eu un incendie, il ne reste plus rien, il n'y a plus de maison, mais ta maman va bien. Elle n'a rien. »
J'étais assommée, je me suis écroulée sur le sol. Je n'ai pas pleuré. J'ai mis quelques minutes à me relever et, sonnée, en titubant, je t'ai dit que je partais là-bas. Tout de suite. J'ai couru chercher un gros sac de voyage pour y mettre quelques affaires de première nécessité. Je courais dans tous les sens comme une folle, ne sachant par quoi commencer.
C'est drôle, la première chose à laquelle j'ai pensé, c'étaient des culottes pour Maman. Il faisait un froid

de canard à Bergerac en décembre et moi je pensais aux culottes…
Bien après, j'ai pensé aux manteaux, écharpes, pulls et jeans.
Toi, tu me regardais m'agiter, tu n'as pas bougé, tu es resté coi jusqu'à mon départ. Je revois toute la scène et je sais maintenant que tu étais déjà un peu absent.
À l'époque, j'ai pris ça pour de l'indifférence et ça m'a blessée terriblement. Pardonne-moi, mon amour, je ne savais pas.

Quand je suis arrivée là-bas, la maison se consumait encore. Il a fallu deux jours pour venir à bout des reprises de feu. Les pompiers sont revenus deux fois. Deux jours pour assister à la naissance d'un paysage de désolation, comme nul autre pareil dans ma mémoire. Maman ne parlait presque pas. Elle avait échappé aux flammes miraculeusement, elle avait absolument tout perdu, il ne lui restait rien, pas même une brosse à dents. Papa pleurait à chaudes larmes comme un enfant.
Toute leur vie, leurs souvenirs, leur mémoire, leur avaient été arrachés.
Je me souviens d'une vieille photo sépia de mes arrière-grands-parents qui trônait sur le buffet de la salle à manger. Je me souviens d'avoir passé beaucoup de temps à imaginer quelle avait bien pu être leur vie. Cette photo avait traversé les pogroms et les guerres et avait fini dans les flammes. Quelle absurdité ! Quelle cruauté ! Comment était-ce possible ?

Toi, tu es resté à Paris avec les enfants. Je te tenais au courant, heure par heure, de ce qui se passait. En vrai, il ne se passait plus rien. Il n'y avait plus rien, rien n'avait été épargné. Il ne restait du grand piano à queue, qu'un demi-sourire édenté.
Un silence de mort. Une odeur nauséabonde et terrifiante. Peut-être l'odeur de l'Enfer. Et pourtant, il faut croire que le Paradis brûle aussi.
Le savais-tu ? Je te le dis, le Paradis brûle aussi.
Quand la maison a brûlé, une partie de mon âme l'a suivie. Une partie de ma mémoire, une partie de notre bonheur.
Il faisait si chaud plusieurs heures après que les pompiers ont maîtrisé le feu, que mes larmes ont séché avant de couler. Quand j'ai vu cette énorme bâtisse ravagée, je me suis dit qu'elle s'était effondrée sous le poids de son propre malheur, avant celui du toit.
Elle se dressait, là, noire, à présent inutile, maladroite et honteuse. Du temps de sa splendeur, elle avait l'air si solide, si rassurante. Elle avait abrité les premiers pas de nos enfants, les premiers fous-rires en cascade, les cavalcades dans l'escalier magistral en chêne massif. Elle avait abrité nos disputes, nos joies, nos séparations et nos retrouvailles. Elle avait abrité nos mauvaises nouvelles, les tempêtes d'automne et les étés caniculaires. Elle avait abrité nos repas de famille et nos règlements de comptes, nos fâcheries et nos réconciliations, nos vanités, nos jalousies, nos mesquineries et nos générosités. Elle était complice de nos achats compulsifs, des

meubles d'époque et vêtements improbables chinés au marché, des déguisements en tout genre.
Elle savait tout de nous, cette maison. C'était quelqu'un. Un grand quelqu'un qui nous connaissait bien et nous protégeait de tout et de nous-mêmes, sans doute. Et je l'ai vue comme un cheval fourbu, comme un dragon blessé, cracher son feu puis rendre l'âme. La nôtre.

Au fil du temps, avec les vents et les pluies, je l'ai vue disparaître, emportée doucement et sûrement loin de notre mémoire, piteuse d'avoir été trahie.
Quelques mois après, mon père a fait enterrer ce qui restait de ferraille et de caillasse au fond du jardin, à la place du petit étang.

La maison repose là. Entre les roseaux et les crapauds.

Quand la maison a brûlé, j'ai su que plus rien ne serait pareil. Ça aussi, ça a été un magistral coup de poing. Un uppercut.
Un de ceux qui te laissent KO mais pas complètement inconscient et qui, pendant que tu rampes à terre en te demandant ce que tu aurais pu faire pour éviter ce désastre, s'insinue doucement dans les méandres de ton cerveau et te condamne à des nuits agitées pour le restant de tes jours.

2018, un cru d'exception

Le premier janvier 2018, comme à chaque Nouvel An, nous nous sommes tous souhaité nos meilleurs vœux. Une bonne santé, de l'amour et de la réussite. Nos souhaits ressemblaient toujours à une forme de prière tacite, quelque chose que seul l'Éternel pouvait comprendre et accorder.

Au fond de moi, j'avais souvent l'impression d'entretenir une relation privilégiée avec Lui, parce que je demandais toujours poliment, avec tout le respect possible, des choses qui me paraissaient tout à fait en Son pouvoir. Des choses qui ne L'auraient pas trop dérangé. Je restais modeste. Mais surtout, je Lui demandais qu'Il m'envoie une preuve de son existence. Je savais que nous avions bien souvent échappé au pire et que, quand le pire pointait le bout de son nez, il était encore temps d'en tirer un bénéfice et de s'en tirer tout court. Depuis toute petite, je passais au travers des gouttes. J'étais résolument chanceuse. Et persuadée que la chance est contagieuse, j'étais convaincue que quiconque était à mes côtés serait épargné.

Il faut croire que je me suis trompée.

Le 8 février 2018, je suis partie en catastrophe à Bergerac. Encore une fois.
Maman n'allait pas bien, elle avait beaucoup de fièvre, mon père était désemparé et ne savait pas vraiment quoi faire.
Trois jours avant, le lundi, j'avais eu ma mère au téléphone, sa voix était claire autant que son esprit.
Elle m'avait raconté qu'elle était ravie d'avoir dîné dans un très bon restaurant et d'avoir réussi à finir son assiette, ce qui ne lui arrivait pratiquement jamais.
Mais le lendemain, elle ne se sentait pas bien. Papa avait appelé le médecin qui avait conclu à une grippe.
Le mercredi, son état s'aggravant, je décidais d'y aller rapidement.
Lorsque je suis arrivée là-bas, Maman ne m'a pas reconnue. Elle ne m'a pas parlé. Je l'ai embrassée sur le front, elle s'est laissé faire sans me regarder, sans manifester la moindre émotion. Elle n'avait plus de fièvre, plus de tête non plus.
Quand j'ai vu son regard vide, ses traits tirés et ses yeux creusés, j'ai cru mourir. Je n'ai rien dit à mon père, mais j'ai su.
À nouveau, nous allions basculer dans le drame.

Nous l'avons transportée à l'hôpital ce soir-là. Ma sœur est venue nous rejoindre le vendredi. Maman est restée trois semaines à l'hôpital. Mon père, ma sœur et moi ne l'avons pas quittée.

Maman a terriblement souffert. Trois semaines d'agonie.

Tu te souviens mon amour, comme tu essayais de me remonter le moral ?
Je t'appelais régulièrement, je te disais que c'était la fin, tu n'y croyais pas. Tu aimais beaucoup Maman, tu la respectais. Vous aviez des points communs tous les deux, aussi têtus l'un que l'autre. Ça te plaisait.
Tu es venu la voir et tu essayais de me convaincre qu'elle allait mieux, qu'elle allait s'en sortir. Je pensais à ton opiniâtreté, à la sienne. Je priais pour que tu aies raison, j'essayais d'y croire. Je pensais aussi à la petite chienne que tu avais tant pleurée et je me disais, mon Dieu, qu'est-ce que ça va être…
Maman, toute petite dans ce grand lit blanc, était devenue un petit morceau de douleur, un petit soldat blessé, le dormeur du Val, le petit cheval dans le mauvais temps. J'avais en continu cette chanson dans la tête.
« Le petit cheval dans le mauvais temps, qu'il avait donc du courage… »
L'infirmière avait dit d'elle qu'elle était cachectique. Je ne savais pas ce que ça voulait dire. J'avais l'image d'un minuscule cachet d'aspirine presque fondu.
Je te l'ai dit et, à travers nos larmes, on souriait.
Tu me disais que j'étais la seule personne que tu connaissais à avoir des images comme ça. Sa respiration était difficile, cruelle, ses yeux suppliaient, ses sourcils se fronçaient, son beau visage était transformé, inconnu.
Toi, tu la regardais comme un enfant qui ne comprend pas. Et moi, je te regardais la regarder, et quand tu cherchais mon regard, je fuyais.

J'avais peur. J'étais terrorisée de ce qui l'attendait, de ce qui nous attendait.
On lui parlait, on lui demandait si elle avait bien dormi, elle ne répondait que par des grognements inaudibles, on faisait semblant de comprendre, on faisait semblant d'en rire.
Comme elle ouvrait les yeux de temps en temps, on essayait de capter son attention, on se racontait des histoires, bien sûr.
On ne savait pas si elle nous voyait, si elle pouvait nous voir, si elle voulait.
On s'agitait, on lui remontait ses oreillers. Tu étais le champion du remontage d'oreiller. Tu prenais soin d'elle, je le voyais bien, moi.

Il a pourtant fallu que tu rentres à Paris. Les enfants étaient seuls, tristes, inquiets.
Et surtout, nous étions en plein déménagement ! Tu avais vendu l'appartement du 17e, il restait beaucoup de choses à emballer, j'avais tout laissé en plan…
Nous partions nous installer du côté de Montmartre, j'aimais ce quartier, j'étais ravie, je me disais « nouveau lieu, nouvelle vie ».
Tu parles… !
Moi, je suis restée au chevet de Maman. Puis elle s'est éteinte dans nos bras, mon père, ma sœur et moi.
Nous étions le 25 février. Et ce même jour, les enfants et toi avez quitté définitivement l'appartement qui les avait vu grandir.

Quand je suis rentrée à Paris, j'étais défaite, tu étais bouleversé. Nous avions changé de cadre de vie de la façon la plus triste qui soit.

Un jour, je me souviens t'avoir donné à lire un petit texte que j'avais écrit sur Maman, tu as fondu en larmes.
J'ai vite regretté mon geste.
Ton corps entier était secoué de spasmes et, le comble, c'est que je ne savais pas quoi faire pour te consoler.
Moi, je n'arrivais plus à pleurer, j'avais épuisé mon quota de larmes.

Quelques semaines ont passé et, petit à petit, tu as changé de comportement. Ni réellement malveillant, ni malfaisant. Tu étais malaisant.
Ta douceur et ta compréhension avaient laissé place à un genre de *no man's land* psychologique dans lequel venait s'incruster quelque chose de mauvais, qui m'était hélas familier.

Quelque chose venue de loin. Tapie dans l'ombre, cette chose attendait que tu lui fasses signe. Tu étais de plus en plus irascible, tu buvais beaucoup, beaucoup trop. Du whisky au goûter, du champagne en apéro, du vin au dîner, à nouveau du whisky en digestif, puis une petite poire avant de dormir. Petit à petit, tu as commencé à avoir le vin mauvais. Jusqu'alors, c'était plutôt le contraire, quand tu buvais trop, tu avais tendance à être collant, mielleux, tactile. Mais là, tout avait changé.

Tu piquais des crises pour un oui ou pour un non, tu hurlais et nous insultais Rose et moi. Quant à Paul, tu ne lui adressais plus la parole et ne supportais pas que je le fasse.

Au mois de mai, tu es parti en mission en Martinique. Quand tu es rentré, c'était pire que tout. Là-bas, ça s'était mal passé, tu étais fatigué, déçu, à bout de nerfs. Pas un jour sans une crise. Je n'en pouvais plus.

Tu ne voulais plus sortir, ni partir en week-end, tu disais que tu avais un boulot de dingue et tu nous reprochais de ne pas en avoir conscience, d'avoir « la belle vie » !

Quand sont arrivées les vacances d'été, je suis partie à Bergerac avec la ferme intention d'y rester plus longtemps que d'habitude, de reprendre des forces, de me ressourcer. Ça me permettait d'être auprès de mon père, de l'aider et de prendre du bon temps avec les enfants. C'était mon premier été sans Maman. Là-bas, j'étais au calme, je dormais, je jardinais, je cuisinais et tout était simple. Je savais que tu ne voudrais pas venir, tu n'en avais ni l'envie, ni le temps, tu me l'avais dit.

Ça nous a fait du bien à tous les deux. On se parlait souvent, on s'écrivait et on parvenait à discuter normalement, sans se disputer.

Je suis rentrée le 18 août. J'étais reposée, j'avais bonne mine.

Devant les bienfaits évidents que m'avait faits ce séjour, tu as décrété que je voulais divorcer. Pour toi c'était logique, tu disais que tu voyais bien que j'étais mieux sans toi, que je m'étais très bien passée de toi, que j'avais une

mine resplendissante. C'était vrai. Mais je ne voulais pas divorcer.
Je voulais obtenir un peu de liberté, un peu d'oxygène, je voulais pouvoir aller à Bergerac à chaque fois que j'en éprouverais le besoin, à chaque fois que tu serais insupportable. Par ailleurs, on reconstruisait une maison là-bas et j'avais proposé à mon père d'y faire des chambres d'hôtes, je lui avais promis de l'aider. Ce projet me tenait à cœur. Il fallait redonner vie à ce lieu et j'avais l'opportunité de le faire. Bien sûr, ça impliquait qu'il me faille aller là-bas souvent, seule ou avec toi, si tu le souhaitais. Mais tu n'en avais absolument pas envie.
Tu ne voulais définitivement pas de ce projet. Tu disais que c'était une belle idée dont tu n'étais pas à l'origine… Oui, c'est vrai mon amour, j'avais intégré comme une fatalité le fait que tu sois ingérable par moments et c'était la seule solution que j'avais trouvée pour que notre couple n'explose pas. Tu ne voulais rien accepter. Tu disais que je mentais, que je voulais divorcer, que je ne voulais pas l'avouer. Tu en parlais tous les jours. Les nuits aussi. Car tu ne dormais plus. Des nuits entières à te dire que je t'aimais encore et toujours et que, même s'il m'était arrivé de penser au divorce, je n'en serais pas capable, j'avais juste besoin de respirer.
Des nuits entières à te dire que tu te trompais, à essayer de t'en convaincre.
J'avais presque réussi. Tu t'étais radouci, rasséréné, tu ne buvais plus, j'avais repris espoir. Au mois de septembre, tu as arrêté de travailler.

L'enfer a véritablement commencé là.
Tu ne voyais plus personne, tu ne voulais plus mettre le nez dehors. Tu ne voulais que ma présence. Tu ne supportais pas que je sorte sans toi, ne serait-ce que pour promener la petite chienne et tu m'accompagnais pour la moindre course. Tu me disais : « Où tu vas là ? Attends, j'enfile une veste, je viens avec toi ! »
J'avoue que ton état m'inquiétait terriblement et que je préférais de loin que tu restes à mes côtés, plutôt que de te savoir seul à la maison. Je ne savais pas ce qui pouvait te passer par la tête, j'avais même caché tous les somnifères…
Tu venais avec moi acheter de bonnes choses que tu ne mangeais pas.
Dès que j'avais le dos tourné, tu retournais sur des sites spécialisés en pathologies psychiatriques.
Tu étais convaincu d'être schizophrène, bipolaire ou pervers narcissique, le truc à la mode. Tu m'en parlais souvent, ça tournait en boucle dans ta tête.
Et même si je savais que tu n'avais pas complètement tort, je te disais que c'était faux. Que seul un psychiatre pourrait déterminer ça, et que, quand bien même ce fût le cas, il existait des traitements efficaces. Tu ne m'écoutais déjà plus. Tu déambulais dans la maison comme un fantôme. Ton lieu de prédilection, ton espace, c'était entre le lit et ton bureau, là où trônait l'ordinateur. Rien d'autre n'existait.
Au mois d'octobre, la santé de ton père s'est considérablement dégradée. Il est parti en trois jours.

Quand ta sœur nous a prévenus qu'il avait été hospitalisé en urgence, que c'était la fin, qu'il fallait vite venir le voir, tu as eu une terrible réaction. Le coup de grâce.
Tu m'as dit que tu n'avais pas la force. Tu m'as dit que tu n'avais pas MA force. Que tu ne pourrais jamais affronter cela. Tu as dit que tu n'étais pas construit pour supporter cette épreuve, que tu n'y arriverais pas.
Et je t'ai dit que si. Que tu allais y arriver. Que ton père serait heureux d'avoir tous ses enfants à son chevet, qu'il partirait serein, que tu devais lui offrir ça.
Tu as fini par accepter.
Nous étions auprès de lui pour ses derniers instants. Serrés l'un contre l'autre, nous nous tenions la main, nous ne nous lâchions pas. Ton père nous a vus si proches et, conscient jusqu'à la fin, il nous a offert sa bénédiction. On a eu ses derniers sourires.

À son enterrement, tu as lu un petit texte que vous aviez écrit, tes sœurs et toi. Tu tenais la feuille, tes mains tremblaient.
Tu ressemblais à un pantin dont on aurait cisaillé les ficelles. Mon pauvre amour.
Je ne t'ai jamais vu si mal à l'aise. Je te regardais et je savais exactement lequel de tes muscles allait lâcher. Et ils lâchaient tous, à tour de rôle.
Une fois de plus, tu m'as déchirée.
Je t'ai félicité, je t'ai dit que c'était un joli texte. Tu m'as regardée. Tu ne me croyais pas.

Un an

Aujourd'hui, cela fait un an que tu es parti, mon amour. À cette heure-ci, il y a 365 jours, les gendarmes découvraient ton corps.
D'aucuns diraient, ton corps sans vie. Pas moi. Je ne parviens toujours pas à y croire. Pas toi. Pas sans vie.
J'arrive presque à occulter les derniers instants de ta vie, marqués par cette profonde mélancolie et je ne vois que cet homme plein de vie, d'envies, de projets que tu étais. Que tu es.
Aujourd'hui, je ne peux me résoudre à parler de toi au passé.
Je ne vois que ce sourire magnifique que tu m'as adressé le jour où j'ai pris cette photo que je suis seule à détenir. Je ne sais plus où nous étions, mais tu étais heureux et tu me l'as montré. Ce jour-là, nous nous aimions profondément et rien n'aurait pu gâcher ça.
Ce jour-là, j'ai cru que c'était pour toujours.

Aujourd'hui, je suis allée pour la deuxième fois au cimetière, accompagnée de notre chère amie Fanny, et, cette fois encore, je n'ai pas trouvé ta tombe tout de suite. Fanny

m'a dit que tu devais bien te marrer si tu nous voyais chercher comme ça, comme des truffes !
Elle avait sans doute raison.
Finalement, on t'a trouvé sous un beau parterre de fleurs qui ne te ressemble pas. Un parterre de carrelage noir et blanc, avec des sortes de petits cactus çà et là, et du lierre, je crois.
C'est ta sœur qui s'en est occupée, moi j'en étais incapable. Elle y a mis tout son cœur, mais rien à faire, ce n'est pas toi. Du tout.
Fanny a pensé comme moi. Toutes les deux, on s'est demandé ce que tu foutais là.
Cette tombe ressemble à une entrée d'hôtel ultra-moderne et de bon goût. Mais ce n'est pas toi. Pas du Tout.
On s'est dit avec Fanny que tu n'aurais pas aimé être là. Qu'il y avait une erreur de casting. Que c'était impossible.
Après le cimetière, on est restées dans la rue un bon moment à pleurer, renifler et fumer.

Tu sais, mon amour, que l'état de sidération dans lequel tu m'as plongée depuis un an ne m'a pas quittée ?
Moi qui avais peur d'oublier le moindre détail, je peux te dire que ce n'est pas le cas. Tout est resté figé dans ma mémoire. Et bien que j'aie craint qu'elle me trahisse, tout y est.
Chaque détail est un tatouage sur mon cœur, sur mon âme.
Un an aujourd'hui que tu n'as pas donné de nouvelles.
Sais-tu que je m'inquiète comme je l'ai toujours fait pendant vingt-cinq ans ?

Dernière

Je n'oublierai jamais tes cheveux frisés, un peu rêches, que tu adoucissais avec du lait pour le corps, et ta légère calvitie naissante qui m'attendrissait parce qu'elle te donnait un air de vulnérabilité, cette prise au temps qui toi t'énervait pour les mêmes raisons.

Je n'oublierai jamais ton front, si large et haut que je pouvais y poser ma main toute entière. Ce front d'homme d'affaires qui n'avait pas besoin de se plisser pour avoir l'air soucieux et qui semblait toujours être en pleine activité même pendant ton sommeil.

Je n'oublierai jamais tes yeux verts et si différents l'un de l'autre.
Le droit était innocent, interrogateur et rieur. Le gauche, plus petit, était un peu triste, mais surtout méfiant. Ils étaient comme deux frères ennemis qui ne faisaient de trêve que très rarement. Ils ne s'accordaient que lorsqu'ils pétillaient d'excitation.

Je n'oublierai jamais tes oreilles qui sentaient le petit pain au chocolat le matin. Je n'en ai jamais compris la raison.

Je n'oublierai jamais ton nez plus fort et plus long que la moyenne qui te donnait un air tantôt têtu, tantôt comique. Tes narines étaient larges, signe de quelqu'un qui aime la vie.

Ta bouche était fine et bien dessinée, sévère, elle se tordait de douleur lorsque tu t'énervais. Mais elle pouvait s'ouvrir si grand lorsque tu riais aux éclats.
Tes dents, petites et bien blanches, se chevauchaient légèrement.
Ton sourire n'était pas tendre, il était charmeur et franc. Amoureux et intransigeant. Ton cou et ta nuque étaient épais comme ceux d'un taureau.
Ta peau était un peu grasse, légèrement brillante, mais le grain en était fin. D'une grande douceur.

Je n'oublierai pas non plus tes expressions favorites.
« Seul contre tous, peut-on avoir raison ? » Tu adorais l'adversité. Tu disais « une usine à gaz » quand c'était compliqué.
Tu disais « on n'achète pas un prix » lorsque je voulais faire des économies pour une bricole qui n'en valait pas la peine.
Tu me disais aussi que tu m'avais dans la peau, que j'étais en toi et tu te frappais la poitrine pour l'illustrer. Peut-être as-tu voulu tuer cette part de moi en toi ? En tout cas, tu l'as fait.

Tu avais l'air d'un homme solide. Tu étais David face à Goliath. Tu étais le chêne face au roseau. La tempête qui secouait ton âme a eu raison de ton corps.
Tu n'as jamais plié. Tu as rompu.

Je t'ai aimé et détesté de toutes mes forces. Je t'ai aimé comme j'aime la vie. Et je continuerai. Tu m'as appris à me battre, tu m'as appris tant de choses.
Je me battrai à nouveau pour être heureuse, pour aimer. Je me battrai à ta mémoire et à la mémoire de ta mémoire.
Je t'ai aimé passionnément comme on aime un enfant, sans condition, et j'ai bien peur que tu ne l'aies jamais su.
Peut-être ne te l'ai-je pas dit assez souvent ?
Cela n'était pas simple à dire. Je suis pudique et je pensais que mes regards suffisaient. Peut-être pas.
Je ne saurai jamais si tu l'as su, je l'espère de tout mon cœur.
Je me battrai pour ressentir, même une minute, ce que j'ai ressenti avec toi, pour avoir le cœur qui bat la chamade encore, pour me sentir vivre et rêver.
Juste une minute. Une petite minute. Et je peux te jurer que j'y arriverai.
Je t'aime.

Après-dernière

Tu sais, mon amour, je t'ai écrit toutes ces choses sans respecter la chronologie.
Enfin, pas tout à fait.
Il fallait que je te parle au plus vite.
La douleur est une forme d'urgence dans laquelle je suis efficace. Il fallait que je te raconte notre histoire, que je me la raconte aussi.
J'avais peur de perdre la raison et d'oublier. Et pourtant.
Tu es un mémorial invisible qui trouble à jamais mon oubli.

Alors, le soir, je prenais mon smartphone, j'allais sur Notes et j'écrivais jusqu'à l'épuisement.
Les souvenirs me revenaient parfois comme des gifles, parfois comme des caresses.
À force de secouer la tête dans tous les sens, les idées se sont un peu emmêlées.
Mais tu verras, tout y est. Du moins, ce que je voulais que tu saches.
J'ai été un peu redondante, je le sais, peut-être pour que tu me comprennes mieux.
Tu me pardonneras.

Et maintenant ?
Que vais-je faire de cette liberté que tu m'as gentiment octroyée ?
Moi qui pensais qu'avec toi, j'en avais pris pour perpette…
Que vais-je faire de cette remise de peine, à part la remiser ?

Que vais-je faire de cette magnifique montre que tu m'as offerte, à l'époque où je ne voyais pas passer le temps ?
À présent, il s'écoule lentement, il passe sans me voir.

Et je ne cesse de me demander ce qu'il serait advenu de nous, si tu n'avais pas sauté.
Aurais-tu fini par reprendre tes esprits ? Ton esprit ?
Paul m'a confié un jour, qu'il avait redouté pendant des années, les flics.
Pas pour toi. Ni pour lui. Pour moi.
Il avait peur qu'un jour, l'un d'entre eux vienne l'attendre en bas de la maison ou le cueille à la sortie du lycée, et lui dise : « Désolé jeune homme, votre père a tué votre mère. Vous allez devoir nous suivre. Nous avons besoin de votre témoignage. »

Ton départ a apaisé bien des craintes.

Cependant, tu me manques. À en crever.
Lorsque j'y pense, j'ai parfois la sensation d'un grain de beauté sur ma peau. Un joli grain de beauté dont j'étais très fière.

Un signe particulier que j'adorais et qu'il m'a fallu faire ôter. Une précaution dont je me serais bien passée. Mais il était potentiellement dangereux…

Dernières parutions :

Littérature

Je ne serai pas toujours là, Catherine Soullard

Oser vouloir - Georgina Bazé, une femme dans l'Histoire, Marie Dufon-Roche

Spiritualité

Faire corps, Sophie Galitzine

Sonder l'insondable, Bernard Besret

À paraître :

Littérature

Avenue du Père-Lachaise, Monique Blond

Le mauvais commentaire, Frédéric Azar

Manchester Dream - Le cœur de l'architecte, Dominique Memmi

Métamorphoses d'un rêveur, Bertrand Treuil

Essais

Chaos Machine, Max Fisher

EMR

www.editionsmarieromaine.fr

ISBN : 978-2-494738-03-4

Dépôt légal : novembre 2023

La première page de couverture est illustrée d'une œuvre de l'autrice

Maquette et mise en page :
&com - Copsi Médias

Imprimé et façonné par
CPI France (175864)